A louca da casa

Rosa Montero

A louca da casa

tradução
Paloma Vidal

todavia

Para Martina, que é e não é.
E que, não sendo, tem me ensinado muito.

Um 9

Dois 15

Três 26

Quatro 38

Cinco 45

Seis 54

Sete 63

Oito 78

Nove 88

Dez 100

Onze 115

Doze 126

Treze 132

Catorze 142

Quinze 154

Dezesseis 161

Dezessete 169

Dezoito 181

Dezenove 201

Pós-escrito 211

Um

Eu me acostumei a ordenar as lembranças da minha vida com um cômputo de namorados e livros. Os diversos relacionamentos que tive e as obras que publiquei são as balizas que marcam minha memória, transformando o barulho informe do tempo em algo organizado. "Ah, aquela viagem para o Japão deve ter sido na época em que eu estava com J., pouco depois de escrever *Te tratarei como uma rainha*", digo a mim mesma, e no mesmo instante as reminiscências daquele período, as pitadas gastas do passado, parecem ficar em ordem. Todos nós, humanos, recorremos a truques semelhantes; sei de pessoas que contam sua vida pelas casas nas quais moraram, ou pelos filhos, ou pelos empregos, e até pelos carros. É possível que a obsessão de algumas pessoas por mudar de automóvel a cada ano não passe de uma estratégia desesperada para ter algo a lembrar.

Meu primeiro livro, um volume horrível de entrevistas infestado de erratas, saiu quando eu tinha vinte e cinco anos; meu primeiro amor contundente o bastante para marcar época deve ter sido em torno dos vinte anos. Isso quer dizer que a adolescência e a infância afundam no magma amorfo e movediço do tempo sem tempo, em uma turbulenta confusão de cenas atemporais. Lendo a autobiografia de alguns escritores, costumo ficar pasma com a cristalina clareza com que se lembram, até o mínimo detalhe, de quando eram crianças. Em especial os russos, tão rememorativos de uma infância que sempre parece a mesma, cheia de samovares que lampejam na plácida penumbra dos salões e de esplêndidos jardins de folhas sussurrantes sob o quieto sol do verão. Essas paradisíacas infâncias russas são tão iguais que só se pode supor que sejam uma mera recriação, um mito, uma invenção.

Coisa que, aliás, acontece com todas as infâncias. Sempre pensei que a narrativa é a arte primordial dos humanos. Para ser, temos de narrar a nós mesmos, e nesse contar-se o que não falta são lorotas: mentimos, imaginamos, enganamos a nós mesmos. O que hoje relatamos da nossa infância não tem nada a ver com o que relataremos daqui a vinte anos. E o que a gente lembra da história comum familiar costuma ser completamente diverso do que nossos irmãos lembram. Às vezes, minha irmã Martina e eu cruzamos cenas do passado, como quem troca figurinhas: e o lar infantil que cada uma desenha mal tem pontos em comum. Seus pais se chamavam como os meus e moravam em uma rua com nome idêntico, mas sem dúvida eram pessoas diferentes.

De modo que inventamos nossas lembranças, o que equivale a dizer que inventamos a nós mesmos, porque nossa identidade reside na memória, no relato da nossa biografia. Portanto, poderíamos deduzir que nós, humanos, somos acima de tudo romancistas, autores de um único romance que levamos a existência inteira para escrever e no qual nos reservamos o papel de protagonista. É uma escrita, isso sim, sem texto físico, mas qualquer narrador profissional sabe que se escreve, sobretudo, dentro da cabeça. É um zum-zum criativo que te acompanha enquanto você dirige, quando leva o cachorro para passear, enquanto está na cama tentando dormir. A gente escreve o tempo todo.

Faz vários anos que venho fazendo anotações em diversos caderninhos para um ensaio em torno do ofício de escrever. É uma espécie de mania obsessiva para os romancistas profissionais: se não morrem prematuramente, todos mais cedo ou mais tarde padecem da imperiosa urgência de escrever sobre a escrita, de Henry James a Vargas Llosa, passando por Stephen Vizinczey, Montserrat Roig ou Vila-Matas, para citar alguns dos livros que mais me agradaram. Também senti o chamado furioso dessa pulsão ou desse vício, e digo desde já que fazia muito tempo que eu vinha apontando ideias quando, pouco a pouco, fui percebendo que não podia falar da literatura sem falar da vida; da imaginação sem falar dos sonhos cotidianos; da invenção narrativa sem levar em conta que a primeira mentira é o real. E, assim, o projeto do livro foi se tornando cada vez mais impreciso e confuso — coisa, por outro lado, natural —, conforme foi se misturando com a existência.

A comovedora e trágica Carson McCullers, autora de *O coração é um caçador solitário*, escreveu nos seus diários: "Minha vida seguiu a pauta que sempre seguiu: trabalho e amor". Acho que ela também devia contabilizar os dias em livros e amantes, uma coincidência que não estranho em nada, porque a paixão amorosa e o ofício literário têm muitos pontos em comum. De fato, escrever romances foi o que já encontrei de mais parecido a me apaixonar (ou melhor, a única coisa parecida), com a considerável vantagem de que a escrita não precisa da colaboração de outra pessoa. Por exemplo, quando você está submerso em uma paixão, vive obcecado pela pessoa amada, a ponto de pensar nela o dia todo; ao escovar os dentes, você vê seu rosto flutuar no espelho; dirigindo, você se confunde de rua porque está obnubilado com sua lembrança; ao tentar dormir de noite, em vez de deslizar para o interior do sono, cai nos braços imaginários do amante. Pois então, quando está escrevendo um romance, vive no mesmo estado de delicioso alheamento: todo o seu pensamento se encontra ocupado pela obra e, assim que dispõe de um minuto, você mergulha mentalmente nela. Você também se engana de esquina quando dirige, porque, como o apaixonado, tem a alma entregue e em outro lugar.

Outro paralelismo: quando você ama apaixonadamente tem a sensação de que, no próximo instante, vai conseguir se conectar a tal ponto com o amado que vocês se tornarão um só; quer dizer, você intui que o êxtase da união total, a beleza absoluta do amor verdadeiro estão ao seu alcance. Quando você está escrevendo, pressente que, se se esforçar e esticar os dedos, vai poder roçar o êxtase da obra perfeita, a beleza absoluta da página mais autêntica jamais escrita. Nem é preciso dizer que esse ápice nunca é alcançado, nem no amor nem na narrativa, mas ambas as situações compartilham a formidável expectativa de se sentir às vésperas de uma proeza.

E por último, mas na realidade o mais importante, quando você se apaixona loucamente, nos primeiros momentos da paixão, está tão cheio de vida que a morte não existe. Ao amar, você é eterno. Do mesmo modo, quando você está escrevendo um romance, nos momentos da graça da criação do livro, sente-se tão impregnado da vida dessas criaturas imaginárias que para você não existe o tempo, nem a decadência, nem sua própria mortalidade. Você também é eterno enquanto inventa histórias. A gente sempre escreve contra a morte.

De fato, acho que nós, narradores, somos mais obcecados pela morte do que a maioria das pessoas; acredito que percebemos a passagem do tempo com especial sensibilidade ou virulência, como se os segundos fizessem tique-taque de maneira ensurdecedora nos nossos ouvidos. Ao longo dos anos fui descobrindo, através da leitura de biografias e por conversas com outros autores, que um elevado número de romancistas teve uma experiência muito precoce de decadência. Digamos que aos seis, dez ou doze anos viram como o mundo da sua infância se despedaçava e desaparecia para sempre de maneira violenta. Essa violência pode ser exterior e objetivável:

um progenitor que morre, uma guerra, uma ruína. Outras vezes é uma brutalidade subjetiva que só os próprios narradores percebem e da qual não estão muito dispostos a falar; por isso, o fato de que na biografia de um romancista não conste essa catástrofe privada não quer dizer que ela não tenha existido (eu também tenho meu luto pessoal; e também não o conto).

Assim, os casos dos quais se tem dados objetivos costumam ser histórias mais ou menos espalhafatosas. Vladimir Nabokov perdeu tudo com a Revolução Russa: seu país, seu dinheiro, seu mundo, sua língua, inclusive seu pai, que foi assassinado. Simone de Beauvoir nasceu sendo uma menina rica e herdeira de uma estirpe de banqueiros, mas pouco depois sua família faliu e eles foram morar, pobres, em uma espelunca. Vargas Llosa perdeu seu lugar de príncipe da casa quando o pai, que ele acreditava morto, voltou para impor sua violenta e repressiva autoridade. Joseph Conrad, filho de um nobre polonês revolucionário e nacionalista, foi deportado aos seis anos com sua família para uma mísera cidadezinha do norte da Rússia em condições tão duras que a mãe, doente de tuberculose, morreu poucos meses depois; Conrad continuou morando no desterro com o pai, que também estava tuberculoso e além disso desesperado ("mais do que um homem doente, era um homem derrotado", escreveu o romancista nas suas memórias); no fim, o pai faleceu, de modo que Conrad, que então tinha só onze anos, fechou o círculo de fogo do sofrimento e da perda. Quero crer que aquela dor enorme pelo menos contribuiu para criar um escritor imenso.

Poderia citar muitos mais, mas mencionarei apenas Rudyard Kipling, que de uma infância paradisíaca na Índia (tão idealizada como a dos escritores russos, mas com empregados com turbantes em vez de bondosos mujiques) se viu lançado, aos seis anos, no pesadelo de um internato horrível na escura e úmida Inglaterra — embora na verdade não fosse um internato, e sim uma pensão na qual seus pais o depositaram, aos cuidados de uma família que se mostrou violenta.

O que havia naquela casa era tortura fria e calculada, ao mesmo tempo que era religiosa e científica. No entanto, me fez fixar a atenção nas mentiras que, pouco tempo depois, me foi necessário dizer: esse é, segundo suponho, o fundamento de meus esforços literários,

disse o próprio Kipling na sua autobiografia *Something of Myself* [Algo sobre mim mesmo], consciente do nexo íntimo dessa experiência com sua narrativa. Ele explicava isso como ápice de uma estratégia defensiva; eu já acho que o substancial é que todos os romancistas que acreditaram perder em algum momento o paraíso escrevem — escrevemos — para tentar recuperá-lo, para restituir aquilo que se foi, para lutar contra a decadência e o fim inexorável das coisas. "Da dor de perder nasce a obra", diz o psicólogo Philippe Brenot no seu livro *Le génie et la folie* [O gênio e a loucura].

Falar de literatura, então, é falar da literatura; da própria vida e da dos outros, da felicidade e da dor. E é também falar do amor, porque a paixão é a maior invenção das nossas existências inventadas, a sombra de uma sombra, a pessoa que dorme sonhando que está sonhando. E, no fundo de tudo, para além das nossas fantasmagorias e dos nossos delírios, contida momentaneamente por esse punhado de palavras, como o dique de areia de uma criança contendo as ondas na praia, a Morte desponta, tão real, mostrando suas orelhas amarelas.

Dois

O escritor está sempre escrevendo. Na realidade, nisto consiste a graça de ser romancista: na torrente de palavras que borbulha constantemente no cérebro. Redigi muitos parágrafos, inúmeras páginas e incontáveis artigos levando meus cachorros para passear, por exemplo: dentro da minha cabeça vou mexendo as vírgulas, substituindo um verbo por outro, afinando um adjetivo. Às vezes, redijo mentalmente a frase perfeita, e no pior dos casos, se não a anoto a tempo, em seguida ela escapa da minha memória. Resmunguei e me desesperei muitas vezes tentando recuperar essas palavras exatas que iluminaram por um momento o interior do meu crânio, para depois me submergir na escuridão. As palavras são como peixes abissais que te mostram só um lampejo de escamas entre as águas negras. Caso se desprendam do anzol, o mais provável é que você não possa pescá-las de novo. As palavras são manhosas, e rebeldes, e fugidias. Não gostam de ser domesticadas. Domar uma palavra (transformá-la em um tópico) é acabar com ela.

Contudo, no ofício de romancista há algo ainda muito mais importante do que esse tilintar de palavras, e trata-se da imaginação, dos devaneios, dessas outras vidas fantásticas e ocultas que todos temos. Faulkner dizia que um romance "é a vida secreta de um escritor, o obscuro irmão gêmeo de um homem". E Sergio Pitol, de quem peguei a citação de Faulkner (a cultura é um palimpsesto e todos escrevemos sobre o que os outros já escreveram), acrescenta: "Um romancista é um homem que ouve vozes, e isso o assemelha a um demente". Deixando de lado o fato de que, quando todos os homens escrevem "homem", eu tive de aprender a ler também "mulher" (isso não é menor, e provavelmente eu volte ao assunto mais adiante), acho que na realidade essa imaginação dissecada nos assemelha mais às crianças do que aos lunáticos. Acho que todos nós entramos na existência sem saber distinguir bem o real do sonhado; de fato, a vida infantil é em boa medida imaginária. O processo de socialização, que chamamos educar, amadurecer ou crescer, consiste precisamente em podar as florescências fantasiosas, em fechar as portas do delírio, em amputar nossa capacidade para sonhar acordados; e ai de quem não souber selar essa fissura com o outro lado, porque provavelmente será considerado um pobre louco.

Pois bem, o romancista tem o privilégio de continuar sendo uma criança, de poder ser um louco, de manter o contato com o informe. "O escritor é um ser que não chega jamais a se tornar adulto", disse Martin Amis no seu lindo livro autobiográfico *Experience*, e ele deve saber disso muito bem, pois parece muito um Peter Pan um pouco enrugado, que se nega empenhadamente a envelhecer. Algum bem haveremos de fazer à sociedade com nosso crescimento meio abortado, com nossa maturidade tão imatura, pois de outro modo nossa existência não seria permitida. Suponho que somos como os bufões das cortes medievais, aqueles que podem ver o que as convenções negam e dizer o que as conveniências calam. Somos, ou deveríamos ser, como aquela criança do conto de Andersen que, quando passa a pomposa cavalgada real, é capaz de gritar que o monarca está nu. O ruim é que depois chega o poder, e o deleite com o poder, e com frequência estraga e perverte tudo.

Escrever, enfim, é estar habitado por um emaranhado de fantasias, ora preguiçosas, como os lentos devaneios de uma sesta de verão, ora agitadas e febris como o delírio de um louco.

A cabeça do romancista vai aonde bem entende; está possuída por uma espécie de compulsão fabuladora, e isso às vezes é um dom e em outras ocasiões é um castigo. Por exemplo, quem sabe um dia você leia no jornal uma notícia atroz sobre crianças esquartejadas diante dos pais na Argélia e não consiga evitar que a maldita fantasia dispare, recriando de maneira instantânea a cena horripilante, inclusive nos seus detalhes mais insuportáveis: os gritos, os esguichos, o cheiro pegajoso, o estalo dos ossos até se quebrarem, o olhar dos verdugos e das vítimas. Ou então, em um nível muito mais ridículo, mas igualmente incômodo, você vai atravessar um rio de montanha por uma ponte improvisada com troncos e, ao pôr o primeiro pé sobre a madeira, a cabeça te oferece, de maneira súbita, a sequência completa da queda: como você vai escorregar no limo, como vai agitar estabanada os braços no ar; como vai enfiar um pé na corrente gelada e, depois, vexame maior ainda, também o outro pé e até a bunda, porque você vai cair sentada no riacho. E, *voilà*, uma vez imaginada a besteira em todos os detalhes (o choque frio da água, a momentânea desorientação espacial que a queda produz, o mau jeito doloroso do pé, o arranhão da mão contra a pedra), fica difícil não cumpri-la. E disso deriva, ao menos no meu caso, uma irritante tendência a me arrebentar em todos os trechos rasos de riachos e em todas as ladeiras montanhosas um pouco ásperas.

Mas esses dissabores são compensados pela fabulação criativa, pelas outras vidas que vivemos na intimidade da nossa cabeça. José Luís Peixoto, um jovem narrador português, batizou esses contatos imaginários de existência como os "e se". E ele tem razão: a realidade interior se multiplica e se desencadeia assim que você encosta em um "e se". Por exemplo, você está na fila diante do guichê de um banco quando, em dado momento, uma velha octogenária entra na agência acompanhada de um menino de uns dez anos. Então, sem mais nem menos, a mente te sussurra: e se na realidade estivessem vindo roubar a agência? E se se tratasse de um inadvertido bando de assaltantes composto da avó e do neto, porque os pais da criança morreram e eles dois estão sozinhos no mundo, não tendo encontrado outra maneira de se sustentar? E se ao chegar na frente do guichê sacassem uma arma improvisada (uma tesoura de poda, por exemplo; ou um fumigador de jardins carregado de veneno para pulgões) e exigissem a entrega de todo o dinheiro? E se vivessem em uma casinha baixa que tivesse ficado isolada entre um nó de viadutos? E se quiserem expropriá-los e expulsá-los dali, mas eles se negassem? E se para chegar ao lar tivessem de contornar todos os dias a algaravia de estradas, produzindo às vezes tremendos acidentes ao passar — motoristas que tentam se esquivar da velha e se chocam contra o canteiro central de concreto —, colossais batidas em cadeia que a avó e a criança nem sequer param para olhar, mesmo que às suas costas estoure um estrondo horrível de sucata? E se...? E dessa maneira você vai compondo rapidamente a vida inteira desses dois personagens, isto é, *uma* vida inteira, e você vive dentro dessas existências, você é a velha brigona, mas é também o neto que precisou amadurecer aos safanões; e nos poucos minutos que você demora em chegar até o guichê, anos já se passaram no seu íntimo. Em seguida, o caixa te atende, você pega seus euros, assina os papéis e vai embora, e a mulher e o menino ficam ali, tão tranquilos, ignorantes das adversidades que viveram.

O mais provável é que a história acabe ali, que não seja mais do que isso, um devaneio passageiro e onanista, uma elucubração privada que jamais roçará a materialidade da escrita e do papel. Mas algumas dessas fabulações casuais acabarão aparecendo em uma narrativa, talvez anos mais tarde; normalmente não a peripécia completa, mas um pedacinho, um detalhe, o desenho germinal de uma personagem. E, em raras ocasiões, muito de vez em quando, a história se nega a desaparecer da sua cabeça e começa a se ramificar e te obcecar, tornando-se um conto ou inclusive um romance.

Porque os romances nascem assim, a partir de algo ínfimo. Surgem de um pequeno grumo imaginário que denomino "o ovinho". Esse corpúsculo primeiro pode ser uma emoção ou um rosto entrevisto em uma rua. No meu terceiro romance, *Te tratarei como uma rainha*, o ovinho brotou de uma mulher que vi em um bar de Sevilha. Era um lugar absurdo, barato e triste, com cadeiras bambas e mesas de fórmica. Atrás do balcão, uma loira perto dos quarenta servia as bebidas aos escassos clientes; era terrivelmente gorda e seus lindos olhos verdes estavam oprimidos pelo peso de uns cílios postiços que pareciam de ferro. Quando todos estávamos servidos, o cachalote tirou o avental pardo, deixando à mostra um vestido de festa de um tecido sintético azul estridente. Saiu de trás do balcão e atravessou o bar, flamejando como o fogo de um maçarico dentro do seu traje apertado de nylon, até se sentar diante de um teclado elétrico, desses com uma caixa de ritmos embutida que quando você aperta um botão fazem tum-tum. E foi isso que a loira começou a fazer: tim-bum e tuche-tuche, enquanto tocava e cantava uma canção depois da outra, com cara de animadora de hotel de luxo. Mas essa mulher, que agora pareceria meramente ridícula, sabia tocar piano e, em algum momento, sonhara sem dúvida com outra coisa. Eu gostaria de ter perguntado à loira o que tinha acontecido no seu passado, como chegara até aquele vestido azulado e àquele bar cinzento. Mas, em vez de cometer a grosseria de interrogá-la, preferi inventar um romance que contasse sua história.

Isso que eu acabei de explicar é algo muito comum; quer dizer, muitos romancistas ficam cativos e cativados pela imagem de uma pessoa que viram só por alguns instantes. Claro que essa visão pode ser deslumbrante e cheia de sentido, atordoante. É como se ao olhar para a loira do vestido elétrico eu visse muito mais. Carson McCullers chamava de *iluminações* esses espasmos premonitórios daquilo que você ainda não sabe, mas que já se aglutina nas bordas da sua consciência. McCullers considerava que essas visões eram "como um fenômeno religioso". Uma das suas últimas obras, *A balada do café triste*, nasceu também de algumas figuras que ela contemplou quando passava por um bar do Brooklyn: "Vi um casal extraordinário que me fascinou. Entre os clientes havia uma mulher alta e forte como uma giganta e, na sua cola, um corcundinha. Observei-os uma vez só, mas depois de umas semanas tive a iluminação do romance".

Às vezes o período de gestação é muito mais longo. Rudyard Kipling conta nas suas memórias uma viagem pouco feliz que fez à cidade de Auckland, na Nova Zelândia:

> A única lembrança que levei daquele lugar foi o rosto e a voz de uma mulher que me vendeu cerveja num hotelzinho. Ficou no sótão da minha memória até que, dez anos depois, num trem local na Cidade do Cabo, ouvi um suboficial falar de uma mulher na Nova Zelândia que "nunca se negava a ajudar um pato coxo nem a esmagar um escorpião com o pé". Então aquelas palavras me deram a chave do rosto e da voz da mulher de Auckland, e um conto intitulado "Mistress Bathurst" deslizou pelo meu cérebro de forma suave e ordenada.

Outras vezes, contos e romances têm uma origem ainda mais enigmática. Por exemplo, há narrativas que nascem de uma frase que de repente se acende dentro da cabeça sem que você sequer tenha muito claro seu sentido. Kipling escreveu um relato intitulado "O cativo" que foi construído em torno desta frase: "Uma grande parada militar que nos sirva de preparação para quando o Apocalipse chegar". E o incrível escritor espanhol José Ovejero estava havia um tempo bloqueado e sem poder levar adiante um romance no qual trabalhara durante anos quando, no meio de uma viagem rotineira de avião, e com a intenção de sair do lamaçal, disse a si mesmo: "Relaxe e escreva qualquer coisa". E imediatamente lhe ocorreu a seguinte frase: "2001 foi um ano ruim para Miki". Ele não tinha a menor ideia de quem era Miki nem por que havia sido um ano ruim para ele, mas esse pequeno problema de conteúdo não o desalentou nem um pouco. Assim nasceu um romance que se redigiu sozinho a toda a velocidade em ínfimos seis meses e que foi intitulado, como é natural, *Un mal año para Miki* [Um ano ruim para Miki]. Às vezes tenho a sensação de que o autor é uma espécie de médium.

Meu cérebro também se iluminou uma vez com uma frase turva e turbulenta que gerou um romance inteiro. Eu estava passando uma temporada nos Estados Unidos, nos arredores de Boston, e minha irmã tinha vindo me visitar. Um amigo nos convidara para jantar na casa dele em uma parte antiga da cidade. Era um domingo de março e a primavera pedia gloriosamente passagem entre os retalhos de inverno. Fomos de manhã no trem para o centro, e comemos sanduíches de queijo e nozes em um café, e passeamos nos jardins do Common, e discutimos, como Martina e eu sempre costumamos discutir, e ficamos jogando migalhas de pão para os esquilos, até que um deles arrancou com um safanão o pedaço inteiro, em uma incursão audaz e temerária. Foi um domingo lindo. De tarde, Martina decidiu que a gente fosse andando até a casa do meu amigo. Nunca estivéramos ali e o lugar ficava do outro lado da cidade, mas, segundo o mapa (e Martina se gaba de saber ler mapas), o itinerário era mais ou menos reto, sem possibilidade de se perder. Não posso dizer que a ideia de ir a pé até lá me fizesse feliz, mas também não posso dizer que eu fosse contra ela de uma maneira frontal. Sempre acontece a mesma coisa com Martina, há algo incerto e indefinido entre nós, uma relação que carece de sentimentos concretos, de palavras precisas. Então a gente começou a andar, enquanto o sol se punha e a cidade opulenta começava a se acender à nossa volta como uma festa. Começamos a andar seguindo sempre o mapa e o dedo com o qual Martina ia marcando o mapa.

Pouco a pouco, da maneira mais insidiosamente gradual, nossa viagem foi se estragando. O sol se pôs, levando com ele sua pantomima primaveral e entregando o campo de batalha ao duro inverno. Fazia frio, cada vez mais frio, inclusive começou a chuviscar um granizo mesquinho que perfurava o rosto como um monte de agulhas. Ao mesmo tempo, e em uma evolução tão subterrânea e perniciosa como o desenvolvimento de um tumor, o entorno começou a se decompor. As ruas lindas e ricas do centro de Boston, inundadas pelas cataratas de luz das vitrines, deram lugar a ruas mais discretas, bonitas, residenciais; e estas, a avenidas de trânsito rápido com lojas fechadas dos dois lados; e as avenidas, a outras ruas mais estreitas e mais escuras, já sem gente, sem lojas, sem postes; e depois começaram a aparecer postos de gasolina velhos e abandonados, com anúncios encardidos de latão que o vento fazia girar rangendo sobre os eixos; terrenos empoeirados, carcaças de carros destripados, prédios vazios com as janelas cegadas com tábuas, calçadas quebradas e latas de lixo queimadas no meio da pista, uma pista negra e brilhosa de chuva, pela qual nenhum carro transitava. Nem podíamos pegar um táxi, porque por aquele coração da miséria urbana não circulava ninguém. Tínhamos nos enfiado no inferno sem perceber, e pelas esquinas borradas dessa cidade proibida escorriam sombras imprecisas, figuras humanas que só podiam pertencer ao inimigo, de modo que assustava muito mais vislumbrar algum indivíduo ao longe do que atravessar sozinhas aquelas ruas doloridas.

Eu corria e corria, isto é, andava a toda a velocidade que meus calcanhares e meu pânico permitiam, odiando Martina, xingando Martina, deixando minha irmã para trás, vários passos para trás, como o rabo de um cometa. Porque ela, que sempre se gaba de ser corajosa, queria demonstrar às ruas sinistras, às esquinas sombrias, às janelas quebradas, que não estava disposta a apressar o passo por um mero tremor de medo no estômago. E no transcurso da hora interminável que levamos para atravessar a cidade empestada até alcançar de novo os bairros burgueses e o apartamento do meu amigo (não aconteceu nada ruim conosco, além de nos molharmos), acendeu em algum instante dentro da minha cabeça uma frase candente que parecia ter sido escrita por um raio, como as leis que os deuses antigos gravavam com um dedo de fogo sobre as rochas. Essa frase dizia: "Há um momento em que toda viagem se transforma em um pesadelo"; e essas palavras se ancoraram na minha vontade e na minha memória e começaram a me obcecar, como o estribilho de uma canção grudenta que a gente não consegue largar, por mais que queira. A tal ponto que tive de escrever um romance em torno dessa frase para me livrar dela. Foi assim que nasceu *Bella y oscura* [Bela e obscura].

Vendo aquela situação de hoje, com a perspectiva do tempo, posso acrescentar sensatas e profusas explicações, porque a razão possui uma natureza pulcra e diligente, sempre se esforçando para encher de causas e efeitos todos os mistérios com os quais esbarra, ao contrário da imaginação (*a louca da casa*, como Santa Teresa de Jesus a chamava), que é pura desmesura e deslumbrante caos. E, assim, aplicando a razão, posso deduzir sem grande esforço que a viagem é uma metáfora óbvia da existência; que naquela época eu estava chegando mais ou menos aos quarenta (e Martina também: somos gêmeas e vertiginosamente diferentes) e que talvez essa frase fosse uma maneira de expressar os medos ao horror da vida e, sobretudo, da própria morte, que é uma descoberta dessa idade, porque, quando jovem, a morte sempre é a dos outros. E, sim, com certeza tudo isso é verdade, e esses ingredientes fazem parte da construção do livro, mas sem dúvida há muito, muito mais mesmo, que não pode ser explicado de modo sensato. Porque os romances, como os sonhos, nascem de um território profundo e movediço, que está para além das palavras. E nesse mundo saturnal e subterrâneo reina a fantasia.

Voltamos, assim, à imaginação. A essa louca por momentos furiosa que mora no sótão. Ser romancista é conviver felizmente com a louca de cima. É não ter medo de visitar todos os mundos possíveis e alguns impossíveis. Tendo outra teoria (tenho muitas: um resultado da frenética laboriosidade da minha razão), segundo a qual os narradores são seres mais dissociados, ou talvez mais conscientes da dissociação do que os outros. Isto é, *sabemos que dentro de nós somos muitos*. Há profissões que se ajustam melhor do que outras a esse tipo de caráter, como, por exemplo, ser ator ou atriz. Ou ser espião. Mas para mim não há nada comparável a ser romancista, porque te permite não só viver outras vidas, mas, além disso, inventá-las para si mesmo. "Às vezes tenho a impressão de que surjo do que escrevi como uma serpente surge de sua pele", diz Vila-Matas em *A viagem vertical*. O romance é a autorização da esquizofrenia.

Um dia do mês de novembro passado, ia dirigindo meu carro em Madri; era mais ou menos a hora do almoço e me lembro de que eu estava indo a um restaurante onde tinha combinado de me encontrar com uns amigos. Era um desses típicos dias de inverno madrilenho, frios e intensamente luminosos, com o ar límpido e cristalizado, e um céu esmaltado de laca azul brilhante. Estava passando pela Modesto Lafuente ou alguma das ruas paralelas, vias estreitas e com obrigação de dar preferência nos cruzamentos, de modo que não é permitido ir a mais de quarenta ou cinquenta quilômetros por hora. Assim, andando devagar, passei ao lado de um prédio antigo de dois ou três andares no qual jamais reparara. Sobre a porta, umas letras metálicas diziam: CENTRO DE SAÚDE MENTAL. Devia pertencer a algum órgão público, pois em cima da placa havia um mastro branco com uma bandeira espanhola que se agitava ao vento. Enfim, estava passando na frente desse lugar quando, de repente, sem mais nem menos, uma parte de mim se desvencilhou e entrou no prédio transformada em um doente que vinha se internar. E em um fulminante e intenso instante, esse outro viu tudo: subiu, quer dizer, subi, os dois ou três degraus da entrada, com os olhos ofuscados pelo reflexo de sol da fachada e escutando o furioso flamejar da bandeira, sonoro, ominoso e aturdidor; e passei para o interior, com o coração rígido porque sabia que era para ficar, e lá dentro tudo era penumbra repentina, e um silêncio felpudo e irreal, com cheiro de alvejante e naftalina, e um golpe de calor insano nas bochechas. Essa pequena projeção de mim mesma ficou ali, no Centro de Saúde Mental, atrás de mim, enquanto eu continuava no meu itinerário pela rua, a caminho do almoço, pensando em uma futilidade qualquer, tranquila e impassível depois desse espasmo de visão angustiante que deslizou sobre mim como uma gota d'água. Mas, isso sim, agora já sei como é se internar em um centro psiquiátrico; *agora o vivi*, e se algum dia tiver que descrevê-lo em um livro, saberei como fazer, porque uma parte de mim esteve ali e quem sabe ainda esteja. Ser romancista consiste exatamente nisso. Não acho que eu seja capaz de explicar melhor.

Três

Nós, romancistas, escribas incontinentes, disparamos e disparamos, sem cessar, palavras contra a morte, como arqueiros pendurados nas muralhas de um castelo em ruínas. Mas o tempo é um dragão de pele impenetrável que devora tudo. Ninguém se lembrará da maioria de nós daqui a alguns séculos: para todos os efeitos, será como se não tivéssemos existido. O esquecimento absoluto daqueles que nos precederam é um manto pesado, é a derrota com a qual nascemos e à qual nos dirigimos. É nosso pecado original.

Além de disparar palavras, a espécie procria contra a morte, e nisso é preciso reconhecer que um sucesso relativo foi alcançado. Ao menos ainda não nos extinguimos como os dinossauros e nossos genes se multiplicam sobre o planeta com uma abundância de praga. Talvez a sensação de imortalidade que sentimos quando amamos seja uma intuição do nosso triunfo orgânico; ou talvez seja tão só um truque genético da espécie, para nos induzir ao sexo e, portanto, à paternidade (os genes, coitadinhos, ainda não sabem nada de camisinhas e pílulas). Depois, com essa nossa habilidade para complicar tudo, transformamos a pulsão elementar de sobrevivência no delírio da paixão. E a paixão geralmente não gera filhos, mas monstros imaginários. Ou, o que dá no mesmo, imaginações monstruosas.

Sou uma pessoa que se apaixona facilmente e tive umas tantas vivências sentimentais disparatadas, mas me lembro de uma especialmente irreal. Tudo começou faz muitos anos, quando eu tinha vinte e três. Franco estava à beira da morte e eu era mais ou menos hippie; e espero que esses dois dados bastem para situar a época. A diretora de cinema Pilar Miró, muito minha amiga naquela época, saía com um cineasta estrangeiro que estava rodando um filme em Madri. Certo dia, Pilar me telefonou e propôs que eu fosse jantar com eles e com M., o protagonista do filme, um ator europeu que tinha acabado de estourar em Hollywood, razão pela qual se tornara muito famoso. "Mas ele é um encanto, muito culto, e um homem muito tímido; e acabou de se divorciar, e está aqui muito sozinho", Pilar explicou. Era um dia de junho de um verão tórrido.

De fato, a gente saiu, e é provável que M. fosse inteligente e encantador, mas, como ele não falava espanhol e eu, naquela época, também não sabia inglês, não posso dizer com segurança que fosse capaz de comprová-lo. O que eu sabia é que ele tinha trinta e dois anos, uns olhos verdes demolidores, um corpo que se adivinhava prodigioso. Gostei dele, sem dúvida, claro que gostei, mas nossa relação era atrapalhada pelo nosso blá-blá-blá penoso e entrecortado de um francês ruim ou de um péssimo italiano. Naquela época, ainda por cima, eu dava importância demais à palavra; considerava que a palavra era o meu forte, minha arma secreta: assim como outras seduziam agitando cabeleiras loiras ou longas pernas, eu sempre me dava melhor quando contava coisas. Para que um homem me atraísse de verdade, eu tinha de achar que a gente se comunicava.

Mas era uma noite de sábado, uma dessas densas noites de verão nas quais Madri parece se eletrizar; e eu tinha vinte e três anos e eram uns tempos felizes e fáceis, uns tempos sem aids, promíscuos e carnais. Fomos jantar, fomos beber, fomos dançar; e às quatro da manhã Pilar e seu namorado foram embora, e eu levei M. para sua casa no meu carro, um Citroën Mehari de lataria vermelha e de terceira mão. A produtora alugara para M. um apartamento na Torre de Madri, o orgulhoso arranha-céu do franquismo, um prédio de uns trinta andares que nessa época era o mais alto da capital, uma cidade ainda atarracada, pétrea e tibetana, como Gil de Biedma a definia. No fragor da noite, estacionei o carro na frente do portão, em cima da calçada, junto de outra dezena de automóveis que tiveram a mesma ideia. Atravessamos um hall fantasmal e imenso e subimos em vários elevadores dos quais era preciso entrar e sair em diferentes andares: a Torre era um labirinto delirante, uma extravagância estilo anos 1950. No fim, chegamos ao apartamento de M. e transamos. Não me lembro nada do apartamento nem do ato sexual: suponho que o primeiro era mobiliado e sem graça, e o segundo, bastante desmobiliado e claramente superável, como costumam ser com frequência os primeiros encontros. Pouco depois, M. adormeceu como uma pedra. E, para minha desgraça, eu fiquei pensando.

Deitada na cama ao lado dele (disto eu me lembro: a saborosa linha do seu corpo nu, cada vez mais nitidamente recortado na penumbra, enquanto o sol se erguia do outro lado das persianas), e submersa na fragilidade psíquica das noites, no frenesi ruminante das insônias, comecei a me irritar comigo mesma. O que estou fazendo aqui, disse, neste apartamento estranho, nesta Torre absurda? Por que transei com esse cara, com quem não consigo trocar duas frases? Pior ainda, por que diabos será que ele transou comigo, se na realidade a gente não consegue se entender, se na realidade não consegui seduzi-lo com o melhor de mim, que é o que eu falo? Não, o que acontece é que ele teria dormido com qualquer uma, teria dado no mesmo uma garota ou outra, os homens são assim: claro, tudo já estava previsto, desde que combinamos já estava na cara que a gente ia terminar na cama, que coisa mais convencional e mais estúpida, e ele deve ter se achado, deve pensar que é irresistível, porque é famoso e gato e estrela de Hollywood, onde já se viu um cretino desses. E, assim, enquanto o coitado do M. dormitava que nem um santinho do meu lado, eu fui me enfezando com umas elucubrações cada vez mais furibundas, até acabar asfixiada de ira justiceira.

Tendo atingido esse nível de braveza, decidi que não podia passar nem mais um segundo com um monstro daqueles. Me levantei muito devagar, me vesti com um cuidado primoroso para não acordá-lo, peguei minhas coisas e saí na ponta dos pés do lugar, com os sapatos na mão. Lembro que demorei um tempo infinito para fechar a porta do apartamento para que a fechadura não estalasse. Depois, me sentindo enfim livre, como se tivesse escapado de um campo de prisioneiros, fui descendo pelo zigue-zague de elevadores, com a cabeleira desgrenhada, a roupa desarrumada, a boca laminada de cigarro, a maquiagem dos olhos borrada. E quando finalmente cheguei ao térreo e saí à rua, descobri duas coisas desconcertantes: uma, que era completa e ofuscantemente dia (nessa hora olhei o relógio e comprovei que eram dez e meia da manhã) e, duas, que os outros veículos tinham desaparecido e meu carro estava órfão e abandonado sobre a calçada, na verdade no meio do parque, porque o que havia na frente da Torre era um parque cheio de mulheres com carrinhos de bebê, passeando na plácida manhã de domingo, com meu carro montado ali, espetacular na sua vermelhidão e na sua solidão.

Mas não, para dizer a verdade, ele não estava sozinho, porque o Mehari tinha sido rodeado por uma nuvem de policiais (os temíveis *grises* do franquismo) e, para minha sobressaltada incredulidade, pelo meu sério e inflexível pai, com quem naquela época eu passava os dias brigando, meu pai ex-toureiro, com seu chapéu de abas largas, meu veemente pai que, sem dúvida, devia estar com um ataque de veemência, mas que diabos meu pai estava fazendo ali, e ainda bem que estava de costas para o portão da Torre e não tinha me visto aparecer.

Chispei a toda a velocidade, dei a volta na esquina da rua Princesa e fiquei colada no muro como uma mosca, ofegando não pela breve corrida, mas pelo piripaque, tentando entender o que estava acontecendo, por que a polícia estava cercando meu carro, se eu estava mesmo acordada. Pouco a pouco, a ressaca do álcool e do tabaco, a dor de cabeça e a tontura provocada pela falta de descanso me convenceram de que eu não estava dormindo. Poucos meses antes, uma bomba do ETA tinha feito voar pelos ares o sucessor de Franco, o almirante Carrero, até o telhado de um prédio, e as forças de segurança continuavam em situação de alerta. Meu carro, estranho e desengonçado, vaidosamente instalado no parque, deve ter parecido suspeito, e com certeza telefonaram para a residência que constava no registro, que era a casa dos meus pais, embora eu não morasse mais ali. Fiquei horrorizada imaginando a cara do meu pai quando os guardas ligaram: naquele momento só pensei na sua ira e hoje só consigo pensar na sua preocupação. Compreendi, afinal, que não podia fugir sem mais nem menos, largando ali aquele enxame de policiais. Tentei respirar fundo para me acalmar, limpando a maquiagem borrada nas olheiras com um dedo molhado de saliva, alisando os cabelos espetados e clareando a voz de lobo matutino; depois saí de trás do precário refúgio da minha esquina e fui na direção do carro com as pernas bambas.

Minha chegada foi uma espécie de anticlímax. Meu pai rugiu um "Mas o que aconteceu, onde você estava?!", e eu balbuciei com pouca convicção as explicações que improvisara: que na noite anterior tinha saído para jantar com Pilar Miró e outros amigos, que bebi demais e não quis pegar o carro, que tinha ido dormir na casa da Pilar. Para minha surpresa, ninguém, nem os policiais nem meu pai, foram demasiado inquisidores; era óbvio que nenhum deles acreditava em mim; provavelmente, inclusive, os policiais tivessem me visto sair correndo da Torre; meu pai estava consternado, reconhecendo em mim talvez sua juventude farrista (com o agravante de que eu era mulher e ele era machista), e os guardas mostravam um educado desvelo diante da sua consternação. De modo que tudo foi inesperadamente fácil; pediram minha carteira de motorista, disseram-me para levar o carro, é possível que nem sequer tenham me multado. Meu pai foi embora sem dizer mais nada, quase sem se despedir, em direção aos vinte e cinco anos de vida que ainda lhe restavam pela frente; e ao nosso futuro reencontro, e ao profundo carinho que tivemos um pelo outro, do qual naquela época eu ainda não era consciente. Coisa extraordinária: acabei de me dar conta de que nunca mencionamos esse incidente de novo e agora já é tarde demais para poder falar disso.

Eu também fui embora a caminho do resto da minha vida, mas por enquanto na direção do apartamento que dividia com minha amiga Sol Fuertes na Ciudad de los Periodistas. Ia com um humor tenebroso e duplamente zangada pelo incidente do carro, que considerei uma confirmação da minha estupidez. Algumas horas depois, Pilar me telefonou para perguntar o que tinha acontecido; não quis dar explicações porque intuí que ela estava ligando a pedido de M. e eu não queria voltar a falar dele. "Não aconteceu nada", disse; e ela, que era uma amiga muito respeitosa, não insistiu; somente me deu o número de M., caso eu quisesse entrar em contato com ele, e desligou, desaparecendo desta história rumo à sua morte prematura vinte e três anos depois. Na semana seguinte, foi o próprio M. quem me ligou: eu não estava em casa e não liguei de volta. Vários dias depois chegou uma carta dele em inglês que, naturalmente, não entendi, e que joguei no lixo com ilustre desdém. Como ainda continuava enfurecida, pensava que todas essas atenções de M. não passavam da demonstração do seu orgulho ferido; que ele, ator mundialmente famoso e blá-blá-blá, não conseguia suportar a ideia de que uma garota qualquer o tivesse deixado na mão. E é possível que, de fato, algo assim estivesse em jogo: porque nós, humanos, somos tão estúpidos que muitas vezes ficamos fascinados com quem nos maltrata.

Passaram-se assim umas quatro semanas até que um dia tive de ir não sei por que ao coquetel de uma produtora de cinema. Estava atravessando a sala abarrotada com uma taça na mão quando, sem mais nem menos, se aproximou de mim o ator Fernando Rey. "Me desculpe, Rosa, gostaria de te apresentar um amigo", ele me disse; e detrás dele emergiu M., ruborizado como um colegial. Esse rubor foi minha perdição. O bom Fernando desapareceu discretamente, rumo à morte que o esperava vinte anos mais tarde; e M. e eu ficamos olhando um para o outro com uma intensidade atordoada, com as orelhas em chamas, mergulhados em um pétreo ataque de timidez fatal. De repente, uma horrível revelação caiu sobre mim como a língua ardente do Espírito Santo: Mas ele é encantador, pensei. Eu me enganei.

Balbuciamos umas tantas palavras desconexas em vários idiomas mal falados. Acreditei ter entendido: "O que aconteceu? Você recebeu minha carta? Eu fiz algo errado?", mas me senti incapaz de explicar a ele o que tinha acontecido, principalmente porque naquele momento eu não conseguia explicar nem a mim mesma. "Eu me enrolei, não sei o que me deu, me senti mal, sinto muito", tentei dizer; vai saber o que ele entendeu do que eu gaguejei. Presa de uma ansiedade crescente, propus a ele que a gente se visse outro dia. "Vou embora justamente amanhã, às onze da manhã", ele disse. "A filmagem acabou ontem." E hoje à noite?, me aventurei, pondo desesperadamente o pé na porta que estava se fechando. "A equipe toda do filme vai jantar fora de Madri, na casa de campo do produtor, para se despedir... mas, se você quiser, se a gente acabar cedo, depois posso te ligar." Sim, eu quis, claro, e repeti o número de telefone, caso ele tivesse perdido, e fui correndo para casa sentar ao lado do aparelho. Uma hora, e duas horas, e três horas, e quatro. E ele ligou, o mais incrível foi que M. ligou. Telefonou à uma da madrugada para dizer que ainda estava no campo, na metade do jantar; e que ele tinha de pegar o avião de manhã e que a gente não ia poder se ver; e eu, esquentada com a espera e com minha própria estupidez, caí na desmedida de me irritar e de gritar com ele: "Como você faz uma coisa dessas comigo?!". Ao que ele respondeu, antes de desligar, já furioso também: "Não sei o que você esperava, depois de desperdiçar um mês inteiro". Hoje, muitos anos mais tarde, depois de ter esperado inutilmente um monte de telefonemas que nunca chegaram de homens que eu tratara com todo o meu amor e minha delicadeza, me admira que M. tivesse a decência de me ligar, apesar do meu comportamento desastroso; e só por esse detalhe eu tendo a pensar que, de fato, era ou é um bom homem.

Mas no momento em que desliguei aquele telefone, não pensava que M. era um bom homem, mas simplesmente O Homem, que é algo muito parecido com a praga do Egito, ao menos nos seus efeitos devastadores. Fulminantemente apaixonada por M. até a mais remota das minhas sinapses e afundada na miséria por causa da minha cabeça estragada, que me fizera perder A Oportunidade, mergulhei na lata de lixo e empreendi uma busca frenética pela carta de M. que eu jogara desdenhosamente sem olhar umas semanas antes. Talvez eu deva explicar aqui que, como disse antes, eu era meio hippie; que morava com uma amiga e que não nos empenhávamos a arrumar o apartamento ou tirar o lixo com frequência, coisa que, por sua vez, também não era muito grave, pois naquela casa a gente mal comia uns queijos, maçãs e ovos cozidos; de modo que o lixo era um amontoado mais ou menos inerte de páginas datilografadas, embalagens de chocolate, diversas camadas geológicas de borras de café, um mosaico de cascas de ovo fragmentadas, dezenas e dezenas de malcheirosas guimbas de cigarro, vários maços vazios e umas tantas crostas de queijo em diferentes etapas de fossilização. Removi tudo, enfim, escrutei tudo, mas não consegui achar rastro da carta: pelo visto duas semanas era um prazo longo demais até para nosso desleixo, e nesse intervalo tínhamos jogado fora os dejetos. Lembro-me ainda da desolação daquela madrugada; ou melhor, do desespero. Alguma coisa ardia ferozmente dentro de mim, como se tivesse jogado sal no coração.

Se antes eu inventara um M. desprezível, a partir daquela noite me dediquei a imaginar um M. extraordinário. Repassava uma e outra vez na minha cabeça cada um dos seus gestos e das suas palavras, extraindo peregrinas teorias dessas miudezas, elucubrações sobre seu caráter, sobre suas emoções, sobre seus sentimentos em relação a mim. A paixão, sempre tão obsessiva, me fez percorrer as salas de cinema de Madri em busca dos seus filmes; e ainda bem que na época não existiam os vídeos ou eu não teria saído de casa durante vários meses. Ficava angustiada, principalmente, pela nossa falta de comunicação e pelo equívoco enorme que ela originara. Estava empenhada em emendar o erro e em demonstrar a ele que, apesar de tudo, eu podia ser digna de ser amada. Mas para isso eu precisava usar minha arma secreta, isto é, eu precisava *falar* com ele, de modo que comecei a estudar inglês de maneira intensiva. Foi assim que aprendi essa língua que depois me foi tão útil: é assustador pensar que a gente vai construindo um destino com bobagens como essas.

Depois de três ou quatro meses, sentindo-me já minimamente capaz de me expressar, escrevi para ele em inglês uma carta apaixonada e com certeza delirante, que levei três dias para escrever. Ainda mais difícil foi encontrar seu endereço, que acabei arrancando de uma produtora através de mentiras. Enviei-a, com urgência, registro e remetente, mas nada aconteceu. Depois de um mês, aflita, liguei para ele: eu também tinha conseguido o número de telefone do seu agente. M. não estava. Deixei recado. Ele não respondeu. Telefonei de novo e me confirmaram que tinham dado o recado. Tive de reconhecer que ele estava me ignorando.

Então, eu me rendi. Depois de lançar, durante seis meses, sobre M. os holofotes deslumbrantes da paixão, apaguei os refletores e decidi esquecê-lo. Passei alguns anos procurando em outros homens, sem querer, a cor dos olhos dele, uns lábios parecidos, o talhe de seu rosto; e durante uma longa temporada não pude ver um filme de M. sem sentir na boca um gosto metálico. Então, tudo começou a se perder no horizonte até ser engolido pela linha do tempo. M. se transformou em uma lembrança tão remota e pouco pessoal como as ruínas de uma pirâmide maia. Se eu não me reconhecia mais na moça de vinte e três anos que um dia fui, como poderia reconhecê-lo, sendo que ele sempre foi um estranho?

Muito depois, quando eu já tinha quarenta e tantos, me propuseram que o entrevistasse para o jornal *El País*. M. seguira uma excelente carreira e acabara de ganhar um Oscar de ator coadjuvante. Voei para a cidade na qual ele reside com uma sensação desagradável de inquietude. Eu já era outra, era uma mulher mais velha que conhecera a felicidade e o sofrimento, o sucesso e o fracasso, a irreparável morte de entes queridos; era uma senhora que vivera com dois homens e que atualmente convivia felizmente com o terceiro, era uma romancista veterana e uma jornalista com calos nos ouvidos de tanto escutar entrevistados. Não tinha nada a ver com aquela garota doida que fugira da Torre de Madri, e não estava nem aí para M., em quem eu nunca pensava. Mas ali estava eu, com esse ligeiro e chato tremor no estômago, como alguém na sala de espera do dentista.

Entrei na suíte do hotel onde a entrevista seria realizada com uma couraça de desenvoltura profissional. Nos cumprimentamos com um educado aperto de mão, nos sentamos em duas poltronas idênticas, com um estofado de listras cor de groselha, e começamos a conversa. Ele, como era de esperar, não me reconheceu; eu, como era natural, não disse nada. M. tinha cerca de sessenta anos, mas estava bem conservado. Tão bem, de fato, que suspeitei com certa maldade de alguma intervenção de cirurgia plástica. As coisas da vida, já se sabe, quase sempre chegam fora de tempo; e, assim, ainda que agora eu dominasse o inglês, não estava mais interessada em falar com ele; tentei fomentar sua loquacidade, como sempre faço nas entrevistas, e descobri que, agora que o entendia, me parecia um homem introvertido e tímido, razoavelmente culto, razoavelmente inteligente. Um cara agradável. A conversa transcorreu com facilidade, sem grandes achados e também sem entraves; mas, depois de meia hora falando, vi que ele começava a me olhar de um jeito um pouco estranho, com certa perplexidade, certa insistência, inclinando a cabeça para o lado como um bobo curioso, como se uma vaga lembrança que fugira estivesse arranhando sua memória. Até que afinal, ao terminar a entrevista, quando desliguei o gravador, não pôde evitar de me fazer uma pergunta direta: "A gente já se conhecia de antes?". Sorri incomodada, e acho até que fiquei vermelha. "Sim, foi, faz muitos anos… um verão… em Madri… quando o senhor estava filmando XXX… jantamos com Pilar Miró e com o diretor ZZZ…" Vi que M. começava também a sorrir, enquanto ia enfocando a lembrança, enquanto ia se aproximando da pequena luz que acabara de acender no fundo do seu crânio; até que, de repente, sua memória se abriu; e vi que o passado atravessava seu rosto como a sombra de uma nuvem. O gesto se encrespou e ele encolheu levemente a cabeça entre os ombros, como se quisesse se defender da ameaça de um soco.

E pensei que pensava: Caramba, a louca. Mas depois, em uma vertigem de clarividência, refleti sobre algo que me escapara e me perguntei que memória M. guardaria de tudo aquilo; talvez agora ele não estivesse pensando em mim, mas em si mesmo; nesse mês no qual ele também tinha escorregado, nessa carta dele que eu não li e que poderia ter sido tão delirante como a minha. Talvez ele se lembrasse de si mesmo e não se reconhecesse, da mesma maneira que eu não me reconhecia naquela garota de vinte e três anos, porque nenhum daqueles eus remotos fazia mais parte da nossa narrativa atual. Fosse o que fosse, ali estava M., absorto e tenso, com seus olhos verdes estranhamente escurecidos, olhando para dentro, para o passado, e não gostava do que via. Foi assim que ele ficou de pé com rígidas dificuldades de reumático, pigarreou, engoliu em seco e, depois de se despedir com apressada e superficial cortesia, se dirigiu para a porta. Dessa vez foi ele que saiu correndo.

Quatro

Ontem reservei o dia inteiro para escrever. E quando digo escrever assim, sozinho, sem adjetivos, estou me referindo a textos meus, pessoais: contos, romances, este livro. Como também sou jornalista, escrevo muitas outras coisas; na realidade, passo o dia amarrada à tela do computador, como galeota acorrentada ao remo. Mas o jornalismo pertence ao meu ser social, ao contrário da narrativa, que é uma atividade íntima e essencial. Quando faço jornalismo, portanto, estou trabalhando. Nunca teria dito: "Ontem reservei o dia inteiro para escrever" se tivesse em mente fazer uma entrevista ou um artigo.

O caso é que ontem pensava em dedicar o dia ao livro *A louca da casa* e me regozijava só de imaginar o monte de horas que ia poder aproveitar para isso. Sentei-me na frente do computador por volta das dez da manhã, sem compromissos na hora do almoço, sem compromissos na hora do jantar, sem ter de resolver nada nem ir a lugar nenhum, do alto de uma jornada longa e vazia, perfeita para ser dedicada à escrita. Liguei a tela. Me acomodei bem na cadeira. De repente me ocorreu que fazia pelo menos uns dois meses que não respondia às cartas recebidas no meu site e abri a pasta na qual as guardo, para dar uma olhada. Eram muitas, muitas mesmo. Comecei a responder. Passaram-se horas. Parei só vinte minutos para comer alguma coisa. Retomei a tarefa. Terminei de responder umas oito da noite, acabada, com dor de cabeça e o pescoço duro de tanto teclar. Liguei para Carmen García

Mallo, uma das minhas melhores amigas, com o ânimo sombrio e furibundo:

— Hoje eu queria escrever, tinha o dia todo, e joguei no lixo respondendo e-mails.

— Por quê?

— Não sei. Às vezes a gente evita começar a trabalhar. É uma coisa estranha.

— Por preguiça?

— Não, não.

— Por quê?

— Por medo.

Não soube explicar a ela, mas ontem, no desamparo extremo da noite, na claridade alucinada da noite, compreendi exatamente o que eu queria dizer. Por medo de tudo o que você não escreve quando passa à ação. Por medo de concretizar a ideia, de encarcerá-la, de deteriorá-la, de mutilá-la. Enquanto se mantêm no limbo rutilante do imaginário, enquanto são só ideias e projetos, os livros são absolutamente maravilhosos, os melhores livros que alguém jamais escreveu. E é depois, quando vão sendo pregados na realidade, palavra por palavra, como Nabokov pregava as coitadas das suas borboletas sobre a cortiça, que se transformam em coisas inevitavelmente mortas, em insetos crucificados, por mais que sejam recobertos por um triste pó de ouro.

Há dias em que essa derrota da realidade importa menos. De fato, há dias em que você se sente tão inspirada, tão repleta de palavras e de imagens, que escreve com uma sensação de leveza, escreve como quem sobrevoa o horizonte, surpreendendo a si mesma com o que escreve: mas o que é isso? Como fui capaz de redigir esse parágrafo? Às vezes acontece que você está escrevendo muito acima da sua capacidade, muito melhor do que você sabe escrever. E você não quer se mexer da cadeira, não quer respirar, nem piscar, nem muito menos pensar, para que o milagre não se rompa. Escrever, nesses estranhos acessos de lepidez, é como dançar com alguém uma valsa muito complicada, dançando com perfeição. Você gira e gira nos braços do seu parceiro, trançando intricados e belíssimos passos, e o mundo à sua volta é uma crepitação de lustres de cristal e candelabros de prata, de sedas reluzentes e sapatos brilhosos, e a dança está beirando a mais completa beleza, uma volta e outra, e você continua sem quebrar o compasso, é prodigioso, embora você tema perder o ritmo, pisar no seu parceiro, ser mais uma vez desajeitada e humana; mas você consegue continuar mais um passo e outro e quem sabe outro, voando nos braços da sua própria escrita.

Já disse que nos momentos de graça você procura, acima de tudo, não pensar, porque, de fato, o pensamento racional e a consciência do eu destroem a criatividade, que é uma força que deve fluir tão livre como a água e abrir seus próprios caminhos, sem que nisso intervenham o conhecimento ou a vontade. No seu interessante discurso de posse na Academia de la Lengua, a historiadora Carmen Iglesias contou uma pequena fábula que reflete à perfeição esse caráter inconsciente e autônomo que o impulso criativo possui. Uma barata má e invejosa, irritada porque a centopeia tinha muito mais patas do que ela, disse-lhe um dia, olhando-a com bajulação malévola: "Que maravilhosa graça você tem ao caminhar, que incrível coordenação, não sei como você consegue se mexer tão sinuosa e facilmente com todas essas patas, poderia me explicar como faz?". A centopeia, lisonjeada, estudou a si mesma e depois detalhou com boa vontade o procedimento: "É muito fácil; é só mexer para a frente as cinquenta patas do lado direito enquanto você mexe para trás, de maneira sincronizada, as cinquenta patas do lado esquerdo, e vice-versa". A barata fingiu admiração: "Que incrível! Você poderia me fazer uma demonstração?". E a centopeia não conseguiu se mexer nunca mais.

A arte está alumbrada por essa mesma graça cega que faz o pobre inseto andar. É um dom que Rudyard Kipling chama de *daimon*, seu demônio, embora se trate de um desses demônios greco-romanos ou védicos que são gênios tutelares, espíritos intermediadores dos humanos com o além; e aconselha os jovens escritores: "Quando o seu *daimon* estiver no comando, não tente pensar conscientemente. Vá à deriva, espere e obedeça". Como é evidente, Kipling também dançava a valsa furiosamente de vez em quando.

E é isto que dá medo, que aterroriza: pôr-se a escrever e não conseguir se encontrar com seu *daimon*, que está dormindo, que foi viajar, que está zangado com você, que não está a fim de te tirar para dançar. Você teme não voltar a se mexer, como a centopeia. Às vezes, você trabalha durante dias e dias, durante semanas, quem sabe meses, na aridez da escrita como ofício, sem conseguir sequer um pequeno sapateado, sem conseguir estremecer nem uma só vez pela presença intuída de algo lindo. Nessas épocas amargas, você tem de se arrastar dia após dia até o computador, você leva a si mesma amarrada pelo pescoço como quem transporta um gatinho para fora de casa; e é nesses momentos que você sente que está ganhando um lugar no céu da obra terminada, pois sem dúvida está atravessando o purgatório.

Ainda assim, o medo maior não é o mal-estar próprio, nem a aflição de passar dia após dia sem poder desfrutar do seu trabalho. O que te espanta de verdade é o resultado desse trabalho, isto é, escrever palavras, mas palavras ruins, textos inferiores à sua própria capacidade. Você teme estragar a ideia redigindo-a de maneira medíocre. É claro que depois você pode e deve reescrevê-la, emendando as falhas mais evidentes, até tirando partes inteiras de um romance e começando de novo. Mas uma vez que você delimitou sua ideia com palavras, você a manchou, fazendo-a descer à tosca realidade, e é muito difícil ter de novo a mesma liberdade criativa que antes, quando tudo ainda estava voando pelos ares. Uma ideia escrita é uma ideia ferida e escravizada a uma certa forma material; por isso é que dá tanto medo de se sentar e trabalhar, porque é algo de algum modo irreversível.

Uma das experiências mais lindas que já vivi ocorreu na costa oeste do Canadá, perto de Vitória. Foi no início de um mês de setembro, faz mais de dez anos. Dois alemães, Pablo e eu subimos em um pequeno Zodiac com capacidade para seis pessoas e saímos para o Pacífico para observar baleias. É uma atividade turística que ficou famosa nessas águas e, ao que parece, ultimamente o mar está tão abarrotado de gente que os cetáceos mal se aproximam da costa. Naquele momento, no entanto, estávamos sozinhos. Navegamos durante certo tempo até ficarmos entre umas ilhotas; ali, o responsável desligou o motor e ficamos quietos, sendo balançados como bebês por um mar manso. Era uma manhã morna e luminosa, as ilhotas brilhavam de verdor no horizonte e o silêncio pousava sobre nossos ombros como um véu, magnificado pela água que lambia o Zodiac ou o berro passageiro de uma gaivota. Ficamos assim, sem nos mexermos nem dizer uma só palavra, durante mais de quinze intermináveis minutos. E, de repente, sem aviso prévio, aconteceu. Um estouro assustador agitou o mar do nosso lado; era um jato d'água, o jato de uma baleia, poderoso, enorme, espumante, uma tromba que nos encharcou e que fez o Pacífico ao nosso redor ferver. E o barulho, esse som incrível, esse bramido primordial, uma respiração oceânica, o sopro do mundo. Essa sensação foi a primeira: ensurdecedora, cegante; e logo em seguida a baleia emergiu. Era uma baleia jubarte, uma das maiores; e começou a sair à superfície do nosso mesmo lado, a apenas dois metros da borda, porque os cetáceos são seres curiosos e querem investigar os estranhos. E, assim, primeiro tirou as "narinas", que logo mergulhou debaixo d'água; e depois todo o resto foi deslizando, em uma onda imensa, em um arco colossal de carne sobre a superfície, carne e mais carne, brilhante e escura, viscosa e ao mesmo tempo pétrea, e em dado momento o olho passou, um olho redondo e inteligente que se fixou em nós, um olhar intenso do abismo; e depois desse olho comovedor, muita baleia ainda continuou passando, um musculoso muro eriçado de crustáceos e de algas barbudas, até que por fim, quando já estávamos sem ar diante da enormidade do animal, ela ergueu lá no alto a cauda gigantesca e afundou com elegante lentidão na vertical; e em todo esse deslocamento do seu tremendo corpo não levantou sequer uma ondinha, não produziu o menor respingo, não fez nenhum barulho além do suave sussurro da sua carne monumental acariciando a água. Quando desapareceu, imediatamente depois de ter mergulhado, foi como se nunca tivesse estado ali.

O peruano Julio Ramón Ribeyro diz que em certas ocasiões o escritor tem a sensação de que suas melhores obras foram perdidas:

> Pouco tempo atrás, lendo Cervantes, passou por mim um sopro que não tive tempo de captar (por quê? Alguém me interrompeu, o telefone tocou, sei lá), infelizmente, pois lembro que me senti impulsionado a começar alguma coisa… Depois tudo se dissolveu. Todos nós guardamos um livro, talvez um grande livro, mas que no tumulto de nossa vida interior é raro que emerja ou o faz tão rapidamente que não temos tempo de capturá-lo.

Gosto dessa frase porque sempre pensei que, de fato, a visão da obra tem muito a ver com a visão entrecortada, hipnotizante e quase aniquiladora, mas linda, daquela baleia do Pacífico. Com a escrita é a mesma coisa: com frequência, você intui que do outro lado da ponta dos seus dedos está o segredo do universo, uma catarata de palavras perfeitas, a obra essencial que dá sentido a tudo. Você se encontra no próprio umbral da criação e na sua cabeça disparam tramas admiráveis, romances imensos, baleias grandiosas que só te mostram o relâmpago do seu dorso molhado, ou melhor, só fragmentos desse dorso, partes dessa baleia, pitadas de beleza que te deixam intuir a beleza insuportável do animal inteiro; mas depois, antes que você tenha tido tempo de fazer alguma coisa, antes de ter sido capaz de calcular seu volume e sua forma, antes de ter podido compreender o sentido do seu olhar perfurador, a prodigiosa besta mergulha e o mundo fica quieto e surdo e tão vazio.

Cinco

Concordamos que o escritor deveria ser como aquela criança que grita, quando passa o cortejo real, que o rei está nu. Mas acontece que com frequência não só não lhe ocorre dizer isso, como ele nem mesmo é um espectador. Com frequência, o escritor é um integrante da comitiva. Vejo-o marchar ali, marcando o passo de ganso, parrudo de pompa e ostentação, embora na sua realidade física seja um mequetrefe. Mas como fica cheio de si quando desfila.

Todos passamos a vida buscando nosso particular ponto de equilíbrio com o poder. Não queremos ser escravos e, em geral, também não queremos ser tiranos. Além disso, o poder não é um indivíduo, não é uma instituição, não é uma estrutura firme e única, mas antes uma teia de aranha pegajosa e confusa que suja todos os campos da nossa existência. E, assim, temos de encontrar a relação precisa de poder com nosso companheiro, nossos filhos, nosso chefe, nossos colegas de trabalho, nossos pais, com todos e cada um dos nossos amigos; com as autoridades, com a sociedade, com o mundo, e até com Deus, para aquele que acredite na sua existência.

O que ocorre é que esse conflito costuma ficar mais evidente em nós, escritores. Em primeiro lugar, porque a crítica ou a análise honesta das relações de poder faz parte do nosso ofício, da mesma maneira que construir móveis bons faz parte do ofício do carpinteiro. Por isso, quando nos traímos, quando nos acovardamos, quando nos vendemos, somos duplamente notórios nas nossas avacalhações. Porque, além disso, todos os poderes precisam de arautos e porta-vozes; todos precisam de intelectuais que inventem para eles uma legitimidade histórica e um álibi moral. Esses, os intelectuais orgânicos, do meu ponto de vista são os piores. São os mandarins, e esse papel cheio de si de grande buda não se exerce impunemente. Paga-se em criatividade e substância literária, como, quem sabe, possa ser comprovado na trajetória de um Cela, por exemplo. Mas nenhum de nós é puro. Inclusive, desconfio dos puros: me dão pânico. Dessa pureza fictícia nascem os linchadores, os inquisidores, os fanáticos. Não é possível ser puro sendo humano. De modo que todos nós vamos nos ajeitando na nossa relação mutável e escorregadia com o poder. Vamos buscando nosso equilíbrio, como patinadores sobre um lago congelado e rachado, com perigosas placas de gelo muito fino. Alguns patinam muito bem e se viram para não cair; outros estão quase o tempo todo enfiados na água. Ou seja, falando claro e deixando de metáforas: uns são muito mais dignos e outros incomparavelmente mais indignos. Às vezes, uma mesma pessoa pode manifestar comportamentos diversos: pode ser heroico diante de alguns desafios e miserável em outros. O celebérrimo manifesto de Zola a favor do judeu Dreyfus é sempre citado como exemplo de engajamento social e moral do escritor, e sem dúvida Émile precisou ser valente para redigir seu iracundo *Eu acuso*, quase em absoluta solidão contra os conformistas. Mas esquecemos que, três anos antes, esse mesmo Zola se negou a assinar o manifesto de apoio a Oscar Wilde, condenado a dois anos de detenção nas desumanas prisões vitorianas só por ser homossexual. Mas, claro, naquela época, defender um sodomita, como eram chamados, era ainda mais difícil do que defender um judeu, e demonstrava uma liberdade intelectual muito maior. Henry James também não assinou: apenas André Gide o fez. Gide era homossexual e sem dúvida isso fez com que ele compreendesse o drama de Wilde em toda a sua brutalidade, mas essa circunstância só incrementa, do meu ponto de vista, seu heroísmo; apoiar um gay sendo gay devia ser naquela época algo muito duro, da mesma maneira que apoiar um judeu sendo judeu nos tempos de Hitler podia ser muito perigoso.

Na realidade, o que fez o bom do Zola se perder nesse caso foi o preconceito. E acontece que nossos preconceitos nos prendem, diminuem nossa cabeça, nos idiotizam; e quando esses preconceitos coincidem, como costuma acontecer, com a convenção majoritária, nos tornam cúmplices do abuso e da injustiça, como no caso de Wilde. Para mim, o famoso engajamento do escritor não consiste em pôr suas obras a favor de uma causa (o utilitarismo panfletário é a máxima traição do ofício; a literatura é um caminho de conhecimento que deve ser empreendido carregado de perguntas, não de respostas), mas em se manter sempre alerta contra o tópico geral, contra o preconceito próprio, contra todas essas ideias herdadas e não contrastadas que nos enfiam insidiosamente na cabeça, venenosas como o cianureto, como o chumbo, péssimas ideias que induzem à preguiça intelectual. Para mim, escrever é uma maneira de pensar; e há de ser um pensamento o mais limpo, o mais livre, o mais rigoroso possível.

Por isso eu gosto mais de Voltaire do que de Zola, por exemplo. Voltaire também teve seu *caso Dreyfus*. Aconteceu quase um século e meio antes, em 1762, quando o filho de um comerciante protestante de Toulouse, chamado Jean Calas, se suicidou. A sociedade francesa da época, agressivamente católica, decidiu que o comerciante assassinara o próprio filho porque ele desejava se converter ao catolicismo; a lei acatou esse delírio, sem dispor de provas, sendo Jean Calas condenado à pena capital e executado com o suplício da roda, quer dizer, torturado até a morte. Poucos meses depois, Voltaire publicou seu *Tratado sobre a tolerância em torno da morte de Jean Calas*, em que acusava os jesuítas da tropelia; com isso, ele não conseguiu devolver a vida ao pobre Calas, mas sim a revisão do processo e a reabilitação da família; além de tudo, tornou a sociedade francesa mais consciente dos excessos do fanatismo e das manipulações dos poderosos. Não deve ter sido fácil enfrentar todo mundo para defender uma pobre família de párias. Ir contra a corrente é algo extremamente incômodo. É possível que a maioria das misérias morais e intelectuais seja cometida por isto: por não contradizer as ideias dos seus patrões, vizinhos, amigos. Um pensamento independente é um lugar solitário e ventoso.

E também há, claro, os pequenos benefícios, as ambições lícitas e ilícitas, o esnobismo, o medo, a vaidade... A gente pode vender a alma ao poder por tantas coisas. E o que é pior: por um valor tão baixo. Por exemplo, não sei como dizer isso, mas não me parece nada apropriado que um escritor da estatura de García Márquez receba de presente de Fidel Castro uma casa, uma incrível mansão em Siboney, a região dos antigos ricos de Havana. Para começar, não acho que os escritores devam deixar que chefes de Estado os obsequiem com opulentos chalés; que, nesse caso, o chefe de Estado seja um ditador e o país paupérrimo acrescenta mais inconvenientes à questão.

Um dos relatos mais comoventes e delirantes dessa venda no varejo das miudezas da alma é a história de Goethe, do grande Wolfgang Goethe, que ele próprio revela, aparentemente sem se dar conta do que está dizendo, na sua autobiografia *Poesia e verdade*. Como se sabe, Goethe nasceu em Frankfurt em 1749; em 1774, com vinte e cinco anos, publicou *Os sofrimentos do jovem Werther*, um livro que o tornou famoso; e um ano mais tarde foi convidado pelos arquiduques de Weimar para residir na sua minúscula corte como intelectual a serviço deles. Goethe não abandonaria essa corte de opereta até sua morte, em 1832, quando estava com oitenta e três anos. Trabalhou como um velhaco durante todo esse tempo nos serviços oficiais, como conselheiro, como ministro da Fazenda, como leva e traz do arquiduque, inspecionando minas, supervisionando planos de irrigação ou até organizando os uniformes do pequeno Estado. Nunca se aposentou; sendo octogenário, continuava como empregado. Quando morreu, ostentava o cargo de supervisor dos Institutos de Arte e Ciência.

Durante todos esses anos, Goethe continuou escrevendo e publicando grandes obras, mas não resta dúvida de que sua frenética atividade cortesã, e o espírito de reverência que implicava, devem ter tirado tempo e potência do seu labor literário. Ortega y Gasset e outros bons pensadores consideram que Goethe se perdeu ao ir para Weimar; que feriu seu enorme dom, que o desperdiçou, que não o respeitou como deveria. O próprio Wolfgang algumas vezes se queixava, nas cartas pessoais e nos textos biográficos: "Não tenho nada mais a te dizer a não ser que me sacrifico por minha profissão", escreveu certa vez, sendo que a profissão, naturalmente, era seu trabalho oficial; e em outro momento disse que, a partir da sua chegada à corte, "deixei de pertencer a mim mesmo".

Em *Poesia e verdade*, Goethe explica que aceitou a oferta de Weimar porque queria se afastar de um amor frustrado (um noivado rompido com a bela Lili) e porque o ambiente provinciano de Frankfurt o asfixiava e ele aspirava a algo mais cosmopolita e refinado; mas lendo sua autobiografia, a gente percebe que, além disso, Goethe, um burguesinho, filho de um jurista aposentado, era bastante esnobe, o que hoje chamaríamos de um almofadinha, preocupadíssimo com suas roupas, seu aspecto, seu lugar social e sua reputação. Era louco para ser íntimo da aristocracia e a nobreza o encantava. É que até os grandes homens (e as grandes mulheres) têm buracos de estupidez e de miséria.

Vendeu-se barato, de todas as formas, porque Weimar era uma corte de meia-tigela; mas é claro que ele conseguiu aquelas lasquinhas de poder que pretendia. Foi-lhe concedido um título de nobreza, e os retratos de Goethe na maturidade o representam com toda a parafernália solene das fitas de seda, as faixas, as honrarias, as ostentosas condecorações. Um completo mandarim. E, ainda por cima, quando o septuagenário Goethe se apaixonou como um cão por Ulrike, uma garota de dezesseis anos, e pediu sua mão em casamento, o arquiduque, para ajudar seu conselheiro, prometeu à garota que, caso se casasse com Wolfgang, lhe outorgaria uma elevada renda vitalícia ao enviuvar. E isso também é poder. Mais ainda, esse tipo de intervenção na esfera do privado é a prova mais manifesta de como se dar bem ou não com o poder pode nos facilitar ou dificultar a vida. Nesse caso, de todas as formas, não funcionou: Ulrike não se deixou comprar. Quer dizer, fez o contrário do que Goethe fizera na sua juventude.

A história da venda da sua alma (não deve ser por acaso que esse homem seja o autor do formidável *Fausto*) vem relatada com todo o seu ridículo detalhe no final de *Poesia e verdade*. Um dia os arquiduques de Weimar passaram por Frankfurt e convidaram Goethe para se unir à corte. Tudo isso é contado pelo escritor com grandes floreios de adjetivos; os duques são corteses, amáveis, benevolentes, e o jovem Wolfgang (vinte e seis anos) manifesta em relação a eles um "veemente agradecimento". A coisa seria feita do seguinte modo: um cavalheiro da corte, que ficara para trás, em Karlsruhe, à espera de que lhe trouxessem um landau construído em Estrasburgo, ia chegar a Frankfurt poucos dias mais tarde. Goethe devia preparar suas coisas e partir com o cavaleiro e o landau para Weimar.

O arranjo caiu como uma luva para Wolfgang e ele se apressou para fazer as malas "sem esquecer meus textos inéditos" e se despedir dos seus conhecidos; imagino o orgulho com o qual o jovem pedante deve ter comunicado a todo mundo que no dia tal viriam buscá-lo da parte dos arquiduques para levá-lo à corte. Mas eis que o dia chegou sem que o cavaleiro ou o landau aparecessem; e Goethe, morto de vergonha, se trancou na casa dos pais e permaneceu ali escondido e sem botar a cara nas janelas, para que as pessoas acreditassem que ele tinha ido embora. Ele conta isso com um eufemismo engraçado, dizendo que o fez "para não ter que me despedir pela segunda vez e, em geral, para não ser sobrecarregado com concorrências e visitas"; e tem a desfaçatez de acrescentar que, como a solidão e o aperto sempre lhe haviam sido muito favoráveis, aproveitou o confinamento a sete chaves no seu quarto para escrever, tentando oferecer uma imagem senhorial de si mesmo, um artista tranquilo que utiliza o atraso de um cavaleiro para ir adiante com sua obra.

Mas a realidade devia ser bem diferente. Para dissimular a pressa que sentia, Goethe atribui a própria angústia ao coitado do seu pai, dizendo que ele, à medida que os dias passavam e ninguém chegava, ia ficando cada vez mais nervoso, a ponto de acreditar que "tudo era uma mera invenção, que essa coisa de landau novo não existia, que o cavaleiro atrasado era apenas uma quimera", e que se tratava de "uma simples travessura cortesã, que tinham se permitido fazer comigo como consequência das minhas tropelias, com a intenção de me ofender e me envergonhar no momento em que constatasse que, no lugar daquela honra esperada, receberia um protesto vexatório". Essa martirizante lamentação, que era sem dúvida a suspeita que assombrava Goethe, revela muitas coisas sobre suas relações com o poder. O grande Wolfgang era um pobre puxa-saco, um infeliz que desde o primeiro momento começou a deixar pedacinhos da sua dignidade na sua árdua ascensão pela escala social. Os humanos são umas criaturas tão paradoxais que ao lado do talento mais sublime pode coexistir a debilidade mais teimosa e mais vulgar.

"Foi assim que transcorreram oito dias e não sei quantos mais, e aquele confinamento completo foi se tornando cada vez mais difícil." Desesperado e nervosíssimo, a toupeira do Goethe começou a sair na escuridão da noite, encoberto por uma espécie de capa, para evitar ser reconhecido; e assim, fantasiado, dava voltas de madrugada pela cidade, como um preso que estica as pernas no pátio da prisão. Passaram-se ainda mais dias, e a essa altura o jovem Wolfgang já estava tão "torturado pela inquietação" que nem sequer era capaz de escrever. Profundamente humilhado e incapaz de encarar seus vizinhos e amigos, depois de ter cometido a suprema tolice de se esconder, Goethe e seu pai decidiram que ele precisava ir embora de qualquer maneira; e o compreensivo progenitor prometeu-lhe bancar uma estadia na Itália se ele partisse imediatamente. Coisa que Goethe fez, na encolha, arrastando seus pertences a caminho de Heidelberg. E em Heidelberg foi alcançado, precisamente, pela ansiada carta cheia de selos. Foi tal a emoção que Goethe ficou um bom tempo sem abrir a missiva. Era do cavaleiro, informando-o de que se atrasara porque o landau não fora enviado a tempo, mas que finalmente tinha ido pegá-lo. E lhe rogava que voltasse logo para Frankfurt para que pudessem partir sem lhe causar o constrangimento de chegar a Weimar sem ele.

"De repente foi como se uma venda caísse dos meus olhos", diz o exultante Goethe. "Toda a bondade, benevolência e confiança precedentes apareceram de novo vivamente diante de mim e fiquei a ponto de me envergonhar da minha fuga." Os arquiduques eram magnânimos; a glória cortesã, plenamente alcançável; a vida, um minueto cheio de promessas honoríficas. E, de fato, Wolfgang voltou com sua bagagem a Frankfurt, abanando o rabo como um cão agradecido; e partiu imediata e eternamente para Weimar. E aí, justo aí, termina sua autobiografia, um grosso volume que, na minha edição (Alba

Editorial), tem oitocentas e trinta e cinco páginas, um texto que Goethe escreveu durante vinte anos, os últimos vinte anos da sua vida. Sendo octogenário, Wolfgang pôs aí o ponto-final do relato das suas memórias, como se sua existência tivesse acabado ao sair em direção à corte do arquiduque. É impossível que se trate de um remate casual; debaixo dos bordados, das condecorações e das sedas, Goethe sabia. Todos nós percebemos quando nos vendemos.

Seis

Às vezes eu me pergunto o que terá sido daquelas pessoas reais que foram a origem de um personagem literário. Por exemplo, o que teria acontecido com a gigantona e o corcundinha de Carson McCullers? O que terá sido da vida deles depois de saírem daquele bar no Brooklyn? Continuaram juntos? Quem sabe se apaixonaram? Tiveram uns filhos enormes e um pouco curvados? E que fim terá levado minha tremenda loira de olhos verdes, que distribuía taças e interpretava canções naquele boteco sevilhano? A gigantona e o corcundinha com certeza estão mortos: passou tempo demais. Mas minha loira deve estar na casa dos sessenta. Eu me pergunto se ter extraído deles uma das suas existências imaginárias acabou afetando-os de algum jeito; e não estou falando de que se reconheçam nos livros, mas de uma espécie de efeito colateral. No pior dos casos, a faísca vital que acendeu a personagem supõe alguma perda da sua substância íntima. Apenas uma vez introduzi uma criatura real em uma das minhas obras de maneira literal, usando inclusive seu próprio nome; tratou-se do meu cachorro Bicho, que fez uma aparição estelar em *O ninho dos sonhos*, um romance curto para crianças. Um mês depois de publicado o livro, Bicho morreu de um infarto de forma suspeita e prematura, como se não pudessem coexistir no tempo e no espaço ambas as versões do mesmo animal.

Não acredito em magia, não sou supersticiosa e não pretendo dizer que a gente não pode utilizar a escrita de um romance para fazer vodu com um inimigo. Mas acredito no mistério, quer dizer, acredito que a vida é um mistério descomunal, do qual nem sequer arranhamos a casquinha, apesar das nossas pretensões de grandes cérebros. Na realidade, não sabemos quase nada; e a pequena luz dos nossos conhecimentos está rodeada (ou antes sitiada, como diria Conrad) por um tumulto de agitadas trevas. Também acredito, continuando com Conrad, na linha de sombra que separa a luz da escuridão; em margens confusas e fronteiras incertas. Em coisas inexplicáveis que parecem mágicas só porque somos uns ignorantes. O romance se move em uma zona turva e escorregadia; em torno de um romance sempre acontecem as coisas mais estranhas. Como, por exemplo, as coincidências.

Embora cada autor tenha seu ritmo, a redação de um romance é um processo muito lento; eu costumo demorar três ou quatro anos. Desse tempo, a metade é empregada desenvolvendo a história dentro da minha cabeça, fazendo anotações à mão em uma infinidade de caderninhos. Quando acredito já ter o romance inteiro, e sei até o número de capítulos e do que cada um deles vai tratar, chega o momento de me sentar diante do computador e começar a escrita em si. E no trajeto dessa segunda etapa a história se transforma de modo considerável. Os romances evoluem o tempo todo. São organismos vivos.

Durante o longo período de execução, você vive a meio caminho entre sua existência real e a imaginária, entre a cotidianidade e o romance; mas, à medida que avança no trabalho, a esfera do narrativo vai se apropriando de um espaço maior. Até que chega um dia em que o romance já está muito adiante, em que as paredes que separam ambos os mundos parecem começar a se fundir. Chamo isso de *etapa do funil*, porque é como se fosse disposto um funil em cima do romance, de modo que tudo o que ocorre na vida cotidiana começa a cair sobre o que você escreve, em uma explosão de coincidências.

Ainda que, olhando bem, pode ser que esteja acontecendo justamente o contrário; na realidade, o fenômeno parece mais como uma inundação: o romance cresce e cresce até encharcar o território do real.

Por exemplo: eu estava escrevendo *O coração do tártaro*, cujo título se refere ao inferno greco-romano, o centro do Hades, ali onde brilha escura a lagoa Estige e late desesperado o cão Cérbero; já alcançara a reta final do romance, os últimos e intensos meses do funil, e um dia fui ao dentista e, na sala de espera, folheei entediada uma dessas horrorosas revistas médicas cheias de propagandas dos laboratórios farmacêuticos. Pois eis que, na metade do volume, destacado entre os anúncios de remédios contra as hemorroidas, me deparei, precisamente, com uma reportagem de página dupla sobre o Tártaro, cheia de citações dos autores clássicos.

Esse tipo de coisa acontece o tempo todo. Se sua personagem tem uma cicatriz no rosto, de repente você não para de encontrar homens com bochechas cortadas; se você está escrevendo sobre um alpinista, no aniversário de uma amiga você conhece um senhor que acabou de chegar ao topo do Annapurna. O romance transborda de tal modo seus limites de papel, ou a realidade se empenha em copiar a fantasia, que eu não acharia nada estranho se fosse redigir uma cena sobre uma revolta na selva e, ao erguer a cabeça do teclado, visse passar na frente da janela um elefante trotando.

Esse frenesi de coincidências não é o único mistério que rodeia a escrita. Há muitos enigmas desse teor, mas uma das peculiaridades mais curiosas é a ditadura dos fantasmas. Os fantasmas de um escritor são aqueles personagens ou detalhes ou situações que perseguem o autor, como cães de caça, ao longo de todos os seus livros. São imagens que para o romancista têm um conteúdo simbólico profundo, um significado que normalmente ele não entende, porque os fantasmas são arteiros, além de obcecados, e se ocultam com tanta manha entre as dobras do subconsciente que o escritor com frequência nem sequer é capaz de saber que estão lá; e assim, pode acontecer, por exemplo, que um autor costume incluir nos seus livros personagens coxos, mas que não tenha se dado conta de que faz isso. No seu celebérrimo parágrafo de *García Márquez: História de um deicídio* sobre a origem da narrativa, o grande Vargas Llosa diz que a vontade de criar nasce da insatisfação diante da vida: "Esse homem, essa mulher, em um dado momento se viram incapacitados de admitir a vida tal como a entendiam em seu tempo, sua sociedade, sua classe ou sua família, e se descobriram em discrepância com o mundo". Ele chama as causas ou razões que alienam o escritor do seu entorno de "os demônios do romancista". E acrescenta esta frase maravilhosa: "O processo de criação narrativa é a transformação do demônio em tema". Os fantasmas fazem parte desses demônios; são os diabinhos mais subterrâneos, os mais mascarados, os mais revoltosos. Os fantasmas são como parasitas da imaginação.

Sempre senti um fraco especial por anões. Pelos deformados de cabeça achatada; e pelos perfeitos liliputianos mínimos. Sinto-me identificada com eles de maneira estranha; eles me comovem, me agradam, eu os aprecio. Coleciono frases sobre anões, como a famosa de Augusto Monterroso: "Os anões têm uma espécie de sexto sentido que lhes permite se reconhecer à primeira vista"; e fotos de anões, como o emocionante retrato de Lucía Zárate, uma liliputiana do século XIX que era exibida nos circos, e cujo rosto ferido pela dor foi outra das sementes de *Bella y oscura*. Também recopilo anedotas de anões, como esta história supostamente verdadeira que o genial jornalista mexicano Pedro Miguel me contou: um cara se separou e cedeu o domicílio familiar para sua ex-mulher. Ele estava precisando de um lugar para ficar e, por economia, foi embora para um vilarejo perto da cidade e alugou uma casa. Era uma construção de um andar que pertencera antes a um anão e, no interior, tudo conservava as dimensões mínimas: tetos baixos, dintéis para proteger a testa, lavabo à altura dos joelhos. E o homem dizia: "Não me bastava que acabei de me separar e estou tão deprimido, ainda preciso andar agachadinho...".

Faz uns dez anos, depois de escrever *Bella y oscura*, descobri que meus textos estavam cheios de anões. Não pude deixar de perceber isso, porque a protagonista desse romance é uma liliputiana chamada Airelai, um dos personagens que mais amo de todos que imaginei. Assombrada por não ter notado essa assiduidade dos pequenos, comecei a refletir sobre o porquê dessa mania. Minha laboriosa razão propôs várias explicações razoáveis, como, por exemplo, o fato de que o anão é um ser crepuscular e fronteiriço, no meio do caminho entre a infância e a maturidade, uma indeterminação temporal que, pelo visto, simboliza muito para mim. Com essa e outras ajuizadas considerações arquivei o assunto, no convencimento de que, uma vez descoberto o fantasma, e depois de tê-lo instalado no nível consciente, não voltaria a imaginar mais nenhum anão, porque já dissemos que a criação precisa sair lá do fundo, fluir sem razão e sem travas do informe. "A escrita vem do âmago do artista", diz Martin Amis.

Passaram-se lentamente quatro anos e durante todo esse tempo estive idealizando e construindo o romance seguinte, *A filha do canibal*. Enfim, terminei a obra, entreguei o original, corrigi as provas, lancei o livro e comecei a divulgação. Dois ou três meses depois da publicação, um belo dia, para meu total espanto, percebi que tinha feito de novo. Que enfiara um anão mais uma vez no livro. Lucía, a protagonista do romance, é uma mentirosa compulsiva. Ela começa o livro descrevendo a si mesma como uma gata, alta, de olhos cinza; mas, dois capítulos à frente, ela diz que tinha mentido, que não é uma mulher bonita, mas comum; e que não é exatamente alta, porém mais para baixa; bom, *muito* baixinha. Tão extremamente baixa, na realidade, que precisa se vestir na seção de crianças das lojas de departamento. Eu havia passado quatro anos construindo essa personagem sem me dar conta de que, mais uma vez, os anões tinham escalado ao papel protagonista. Isso pode dar uma ideia da impetuosidade dos fantasmas, do seu caráter tirânico e indomável. Eles fazem o que bem entendem com você.

No meu romance seguinte, *O coração do tártaro*, amedrontada pelo empenho liliputiano, decidi mencionar de forma consciente um anão, para ver se desse modo conjurava sua aparição clandestina. Assim, no final do romance, citei Perry, um dos assassinos reais de *A sangue frio*, o maravilhoso livro de Truman Capote. Perry, que sofrera um acidente na adolescência, tinha as pernas muito curtas: quando se sentava, elas balançavam no ar sem roçar o chão. Era uma espécie de anão, na realidade um substituto traumático dele.

E de novo estive longos anos escrevendo o livro, de novo corrigi as provas, de novo passei pela barafunda de publicá-lo. Estava havia um mês fazendo a divulgação quando fui a um programa de rádio. "Já encontrei seu anão neste livro", me cutucou a jornalista Consuelo Berlanga, com quem eu falara sobre o assunto dos fantasmas no romance anterior. "Sim, claro", respondi, "eu mencionei Perry de maneira consciente e proposital." E então a lúcida Consuelo me deixou estupefata: "De que Perry você está falando? Sua anã é Martillo". Ela tinha razão; Martillo é uma personagem secundária, uma adolescente suburbana diminuta e doentia, que parece uma menina, mas não é; que vive na ilegalidade como se fosse adulta, mas ainda não cresceu. É uma anã perfeita e eu também não tinha tido consciência da sua natureza.

No outono de 2000, fui à cidade alemã de Colônia para participar de um festival literário. Certa noite, estava no meu quarto estreito e limpo (todos os hotéis econômicos da Alemanha têm uns quartos tão estreitos e tão limpos como a cela de um monge), deitada vestida sobre a cama e zapeando entediada a TV, porque não entendo uma palavra de alemão e todos os canais eram germanos, quando aconteceu algo extraordinário. No segundo canal, estava passando um documentário; era um bom documentário, isso era evidente pela impecável elaboração da imagem. Tratava-se, ou isso acreditei entender, dos circos na Alemanha durante os anos 1930, sob o nazismo. Maravilhosas filmagens em preto e branco e abundante material fotográfico mostravam o ambiente circense, com mulheres barbudas, gigantes cabeçudos, anões vestidos de palhaços, seres muito afastados do terrível ideal físico da raça ariana e, por conseguinte, todos eles, presumivelmente, material descartável para Hitler.

E de repente eu a vi.

Me vi.

Era uma liliputiana perfeita, loira, muito coquete, uma indubitável estrela do espetáculo, porque falavam muito dela e porque aparecia em uma infinidade de fotos e filmes, com sua cabeleira lisa e apurada, sua coroa ou diadema na cabeça, suas pulcras roupinhas de equilibrista circense, o corpete de cetim bem ajustado, a sainha curta e esticada dos lados, como um tutu de bailarina. Tinha um tipo muito harmônico, fino, como uma menina, e um rosto com traços regulares. Poderia ter sido confundida com uma criança, não fosse algo definitivamente deslocado no seu semblante, a idade sem idade do liliputiano, essa inquietante expressão de velha no rosto pueril, o sorriso sempre tenso demais, os olhos desconjuntados sob sobrancelhas de falsa loira. Tinha um aspecto muito triste com sua fantasia de festa. Dava um pouco de angústia. Dava um pouco de medo.

E essa anã era eu. O reconhecimento foi instantâneo, um raio de luz que queimou meus olhos. Tenho uma foto dos meus quatro ou cinco anos em que sou exatamente igual à liliputiana alemã. Foi uma breve época na qual minha mãe (que eu amo muito, apesar disso) resolveu clarear meu cabelo e me deixar loira; de maneira que eu tinha a cabeleira igual à da anã, também esticada para trás ou com diadema, e com as mesmas pupilas pretas e sobrancelhas retintas. Eu vestia igualmente roupinhas curtas de cancã e tules, parecidas em tudo com as dela. Mas o mais espetacular é a expressão, o sorriso forçado um pouco sinistro, um rosto de velha acaçapado atrás do rosto infantil, os olhos sombrios. Não sou eu, sou ela.

Essa foto minha sempre me espantou. "Mas você está muito linda!", diz minha mãe (e por isso a amo tanto, dentre outras razões: por esse amor cego inabalável). Mas eu não entendia a estranha criança do retrato, não a reconhecia, não conseguia assumi-la. Suponho que na negrura do meu olhar despontava já, sem que ninguém soubesse, a doença: padeci de tuberculose dos cinco aos nove anos. Mas não era isso que me angustiava no instantâneo, era algo a mais, algo indefinível, como o vago eco de uma dor que você sabe que sofreu e não consegue lembrar. No entanto, agora que sei que ela é uma anã, me reconciliei totalmente com a menina da foto. Inclusive a coloquei, emoldurada, sobre a mesa do meu escritório, aqui na frente. Tentei localizar o documentário sem sucesso: queria tirar um instantâneo dela, da outra, para pô-lo junto do meu: e traduzir o programa, para ver se diziam quem foi essa comovente liliputiana no inferno nazista; se acabou na câmara de gás, como tantas outras criaturas "não perfeitas", ou se a utilizaram para seus terríveis experimentos médicos, uma possibilidade ainda mais aterrorizante que, infelizmente, cabe em cheio no possível. Quem sabe que tragédia ela viveu, vivemos. Afinal de contas, a frase de Monterroso possui um significado literal: "Os anões têm uma espécie de sexto sentido que lhes permite se reconhecerem à primeira vista". É verdade. Ele tem razão. Comigo aconteceu exatamente isso em um hotel de Colônia.

Sete

Por que um escritor se perde? O que acontece para que um romancista maravilhoso afunde para sempre no silêncio como quem afunda em um pântano? Ou algo ainda pior, mais inquietante: a que se deve o fato de que um bom narrador comece de repente a escrever obras horríveis?

Muitos, sem dúvida, se curvam diante do fracasso. O ofício literário é paradoxal demais: é verdade que você escreve em primeiro lugar para si mesmo, para o leitor que você carrega no seu íntimo, ou porque não tem outra saída, porque é incapaz de suportar a vida sem entretê-la com fantasias; mas, ao mesmo tempo, você precisa, de maneira indispensável, ser lido; e não apenas por um leitor, por mais requintado e inteligente que seja, por mais que você confie no seu critério, mas por mais pessoas, muitas mais, para dizer a verdade, muitíssimas mais, uma horda robusta, porque nossa fome de leitores é uma avidez profunda que nunca se sacia, uma exigência sem limites que beira a loucura e que sempre me pareceu muito curiosa. Vai saber de onde é que sai essa necessidade absoluta que torna todos os escritores eternos indigentes do olhar alheio.

Saia de onde sair, afinal, a verdade é que precisamos de certo reconhecimento público; e não só para continuar escrevendo, mas inclusive para continuar sendo. Quero dizer que um escritor fracassado costuma se tornar um monstro, um louco, um doente. Seja como for, um ser infinitamente infeliz.

Como aconteceu, por exemplo, com Herman Melville, o autor do maravilhoso *Moby Dick*, um romance que hoje, um século e meio depois da sua publicação, continua sendo editado e reverenciado, mas que na sua época não agradou absolutamente ninguém, nem sequer os amigos mais fiéis de Melville, que consideraram que era um livro dos mais estapafúrdios, com todas aquelas descrições dos hábitos das baleias espermáticas. *Moby Dick* não vendeu nem duas dúzias de cópias e foi objeto de vaia geral; Melville nunca se recuperou desse fracasso e, embora tenha vivido quase mais quarenta anos, mal voltou a escrever: só um romanção ilegível, uns tantos poemas e alguns textos breves, como sua genial novela *Bartleby, o escrevente*, que demonstra que seu talento continuava intacto apesar do desterro de silêncio em que vivia. E apesar do seu desespero crescente, da sua frustração, da ferocidade com a qual arrastava sua dor de escritor incompreendido. Porque Melville tornou sua própria vida e a dos que tinha próximos impossível. Quando, aos quarenta e sete anos, se viu obrigado a aceitar um miserável emprego de inspetor de alfândega, tão tedioso como mal pago, para poder manter a família, a obviedade do seu fracasso como romancista deve ter estourado como um obus na sua cabeça. Ele ficou meio maluco, consumido pela ira, atuando com enorme violência, talvez inclusive batendo nos filhos e na mulher, que pensou seriamente em se separar dele: e estamos falando de 1867, uma época em que os casais simplesmente *não se separavam*, o que pode nos dar uma ideia da dimensão do inferno em que viviam. De fato, foi também em 1867 que o filho mais velho de Herman se trancou no quarto e estourou os miolos com um tiro. Chamava-se Malcolm e tinha dezoito anos: talvez tenha se suicidado para fugir do ambiente doméstico irrespirável. Esses são os horrores que podem chegar a acontecer quando um escritor se sente frustrado e derrotado. O que me faz pensar que quem sabe sejamos uns loucos furiosos mais ou menos dissimulados e que não deixaremos de manifestar nossa loucura enquanto a sociedade continuar indo atrás de nós.

Outros autores fracassados, provavelmente a maioria, dirigem a violência da sua dor contra si mesmos e se desajustam por completo. Estou pensando no pobre Robert Walser, um escritor suíço cinco anos mais velho do que Kafka e autor de romances tão interessantes como *Os irmãos Tanner*. Hoje é um escritor cultuado, um nome importante, embora não popular, na literatura contemporânea em alemão; mas a verdade é que, enquanto esteve vivo (nasceu em 1878, morreu em 1956), ninguém lhe deu a menor bola. Sua tragédia, horrorosa e ridícula ao mesmo tempo, aparece muito bem contada no livro *O autor e seu editor*, de Siegfried Unseld, que foi o último editor de Walser na Alemanha e conheceu o escritor nos seus derradeiros anos.

Robert Walser morou em Zurique de 1896 a 1906; durante essa década, mudou de emprego sete vezes, e de casa, dezessete. Com vinte anos, era auxiliar de escritório; trabalhou em bancos e companhias de seguro, mas o que ele queria, o que sempre quis, desde que aos catorze anos escreveu sua primeira obrinha, era ser escritor. Em 1902, começou a publicar pequenas coisas em revistas e a levar seus textos aos editores, que os rejeitaram. Naquela época, ainda cheio de esperanças, escrevia: "A intranquilidade e a incerteza, assim como a intuição de um destino singular, talvez tenham me levado a tomar a pena para tentar refletir a mim mesmo". Que parágrafo interessante, e como descreve bem essa pulsão idiota que leva todos nós à escrita. Primeiro, a intranquilidade e a incerteza, quer dizer, a falta de concordância com o entorno, o incômodo, a inadaptação à qual também se referia Vargas Llosa; depois vem a "intuição de um destino singular", frase comovedoramente vaidosa (da vaidade do escritor falaremos mais tarde) e patética no seu desconhecimento do humano, porque todas as pessoas, literatos ou não, percebem essa ânsia da singularidade do nosso destino, o grito do eu que se sente único. E, por último, a tentativa de refletir a si mesmo, porque, efetivamente, a gente escreve para se expressar, mas também para se olhar no espelho e poder se reconhecer e se entender.

Por fim, em 1905, o jovem Walser conseguiu que seu primeiro livro fosse publicado e, inclusive, que assinassem um contrato para o segundo. Esse feito, que deve ter sido um dos momentos mais felizes da sua vida, implicou, no entanto, sua perdição. Walser, entusiasmado, deixou seu trabalho como auxiliar de escritório assim que assinou o contrato, decidido a se dedicar profissionalmente à escrita, mesmo antes de que fosse lançada sua primeira obra, e sem levar em conta o sucesso que poderia ter. Ou melhor, que não teve, pois ela foi um fracasso completo. Recebeu ótimas críticas, uma delas assinada por Herman Hesse, mas o livro, com uma tiragem de mil e trezentos exemplares, vendeu apenas quarenta e sete cópias, e o editor se acovardou e decidiu não cumprir o acordo, não publicando a segunda obra. "É uma verdadeira desgraça quando um escritor não faz sucesso com seu primeiro livro, como aconteceu comigo", escreveu o irritado, mas ainda arrogante Walser, "porque então qualquer editor se acha capacitado para lhe dar conselhos de como alcançá-lo pelo método mais rápido. Essas melodias sedutoras destruíram mais de uma natureza fraca."

Na realidade, ele não era nada forte, como a vida se encarregaria de lhe demonstrar de modo cruel; e também não sei se é completamente verdade o que esse parágrafo orgulhoso implica, a saber, que Walser teria podido escrever um livro de sucesso se tivesse querido se rebaixar a isso. É verdade que há obras horríveis e horrivelmente fáceis, que são vendidas como rosquinhas entre um setor do público leitor pouco exigente, mas escrever um romance muito ruim e muito popular é algo que também não está ao alcance de qualquer um, é preciso ter uma desfaçatez especial ou ser verdadeiramente um pouco simplório, é preciso não se importar em ser um trapaceiro e bajular os instintos baixos das pessoas, e isso nem todo mundo sabe fazer. Quer dizer, tenho a sensação de que o bom escritor só sabe escrever bem, da mesma maneira que o ruim só é capaz de escrever mal. Cada um escreve como pode, porque a literatura é mais uma das funções orgânicas, por exemplo, suar, e a gente não controla o suor, há pessoas que pingam ao menor esforço e as que sempre se mantêm secas. Para mim, Walser nunca teria conseguido escrever uma obra popular por mais que se esforçasse; e, de fato, acho que mais tarde ele tentou, sem sorte alguma, é claro.

Dois anos mais tarde, em 1907, conseguiu que outra editora publicasse *Os irmãos Tanner*; e depois lançou outro romance, *O ajudante*, que foi o maior sucesso da sua carreira: três edições de mil exemplares cada uma. Tudo isso, que não é grande coisa, foi conseguido com grandes esforços, e acabou com sua magra reserva de sorte. Os editores começaram a perder seus manuscritos (sinal do pouco interesse que ele despertava), e os outros livros que publicou, poemas e um romance, foram fracassos absolutos. Uma após a outra, as editoras iam se livrando dele como uma batata quente. Logo se encontrou em uma situação muito pior do que no início da sua carreira: antes não queriam publicá-lo porque não o conheciam, mas agora não queriam publicá-lo porque o conheciam. Walser destruiu três romances porque não encontrou quem os editasse. Em 1914, um manuscrito seu conseguiu ganhar o Prêmio Frauenbund, que acarretava a publicação, e de fato o livro, um volume de prosas poéticas, saiu às ruas. Mas vendeu tão pouco que esse novo editor também o abandonou.

Desesperado, o pobre Walser enviava agônicas cartas a todos os diretores de editoras, tentando vender suas obras:

> Acabei de terminar um novo livro em prosa intitulado *Kammermusik*, no qual encadeei, com esmerado trabalho, vinte e sete peças [...]. Acredito poder dizer que o livro forma um todo sólido, redondo e atraente [...]. Me agrada pensar que posso lhe recomendar seriamente a publicação de *Kammermusik*, pois considero que é um dos meus melhores livros.

Ainda bem que hoje existem os agentes e que o escritor não é obrigado a se rebaixar pessoalmente de tal modo! Embora as agências também não queiram escritores como Walser. A carta é a versão literária do pregão do vendedor ambulante: por favor, compre este livro tão bom, tão bonito e tão barato... Que diferente esse texto de súplica, humilhado e ansioso, daquele primeiro parágrafo ainda orgulhoso sobre as naturezas fracas. No pedregoso caminho, Robert Walser fora deixando a dignidade, porque o escritor, sobretudo o escritor bom, está curiosamente disposto a se desonrar pela sua obra, se necessário.

E é claro que as humilhações eram contínuas. Por exemplo: como não tinha um tostão, um amigo conseguiu para ele uma conferência no Círculo de Leitura. Para não gastar dinheiro, foi a pé de Biel, onde morava, até Zurique, onde tinha de falar. O presidente do Círculo, que não conhecia esse escritor estapafúrdio, pediu uma prévia da conferência; Walser foi mal e o presidente o substituiu por outro conferencista, dizendo ao público que o autor tinha ficado doente.

Na realidade, o estavam deixando doente. Passou cinco anos sem poder publicar nada, e já nem sequer aceitavam seus textos nas revistas. Escreveu com amargura a Max Brod: "Os escritores, que aos olhos dos editores não passam de um bando de esfarrapados, deveriam tratá-los como porcos tinhosos". Em 1929, foi internado em uma clínica psiquiátrica e sentenciaram que ele era esquizofrênico. "Hölderlin pensou que era oportuno, quer dizer, prudente, renunciar à sua sanidade com quarenta anos. Será que acontecerá o mesmo comigo?", perguntava-se Walser. E anotou também: "As pessoas não têm confiança no meu trabalho (querem que eu escreva como Hesse). E essa é a razão pela qual acabei na clínica". Ainda assim, e apesar de estar confinado no hospital, continuou escrevendo durante quatro anos: oitenta e três peças de prosa e setenta e oito poemas. E também anotou pensamentos tão amargos como este: "Os críticos, conscientes do seu poder, enroscam-se em volta dos autores como uma jiboia, amassando-os e asfixiando-os como e quando bem entendem". Mas, em 1933, foi transferido de hospital psiquiátrico, e no novo não escreveu mais. Morreu ali vinte e três anos mais tarde, engolido pelo silêncio.

Que o fracasso adoece, que o fracasso mata, é algo fácil de entender; mas o caso é que o sucesso também pode acabar com você, como acabou com Truman Capote. Eis aqui um perfeito exemplo de um escritor enorme que perdeu a cabeça pelo sucesso e acabou escrevendo coisas horríveis. Capote tinha um talento descomunal; seus contos me deixam louca, acho seu *Bonequinha de luxo* perfeito, seu *A sangue frio* é um disparo no coração. Como é possível que um autor tão potente possa ter se deteriorado tanto a ponto de escrever os textos medíocres de *Súplicas atendidas*, seu último e inacabado livro? Provavelmente porque traiu a si mesmo; e porque se angustiou.

O sucesso angustia, porque não é um objeto que se possa possuir nem trancar em um cofre. De fato, o sucesso é um atributo do olhar dos outros, que, de repente, e de maneira bastante arbitrária, na realidade, decidem te contemplar com placidez e agrado, outorgando a você o incerto presente de ser considerado bem-sucedido. Uma vez situados sob esse feixe de luz, procedente do olhar dos outros, costumamos desejar que o holofote não se apague, e isso nos deixa em uma situação de debilidade e dependência, pois não sabemos muito bem o que temos de fazer para que o refletor continue brilhando. Acho que essas tribulações, que me parecem comuns a qualquer tipo de sucesso, são ainda piores no caso dos escritores; primeiro porque, como já dissemos, somos uns coitados especialmente necessitados do olhar alheio e, em segundo lugar, porque quando começamos a escrever para tentar agradar esse olhar em vez de seguir os ditados do *daimon*, todo o nosso possível talento, pequeno ou mediano, vai pelo ralo, e o que escrevemos se torna lixo.

E uma última reflexão sobre por que triunfar pode destruir de maneira superlativa os romancistas; porque o sucesso, na sociedade midiática de hoje, não está mais relacionado com a glória, mas com a fama; e a fama é a versão mais barata, instável e artificial do triunfo. A fama, "essa soma de mal-entendidos que se concentram ao redor de um homem", como dizia Rilke, é um vertiginoso jogo de espelhos deformantes que te devolvem milhões de imagens, todas elas falsas e alienantes, e essa multiplicação de eus mentirosos pode se mostrar especialmente danosa para alguém que, como já dissemos que acontece com o romancista, é um ser que tem as costuras da sua identidade um pouco rasgadas e que tende a se sentir dissociado.

Isso foi o que aconteceu com Capote. Ele se descosturou.

Truman desejou demais o sucesso. Desde pequeno ansiou com desespero ser rico e famoso, e esteve disposto a vender sua alma para conseguir isso. E, de fato, a vendeu; já era muito conhecido (triunfou como escritor sendo muito jovem) quando empreendeu a que seria sua *opera magna*, a reportagem romanceada *A sangue frio*, uma reconstrução magistral do absurdo assassinato de uma família de agricultores, o pai, a mãe e os filhos adolescentes, pelas mãos de dois rapazes de uns vinte anos, meio idiotas, com uma vida tão triste e tão precária que nem sequer tinham chegado a desenvolver de modo suficiente sua consciência do mal. Capote investigou o caso durante três anos; conheceu os assassinos, que estavam na prisão condenados à morte, e ficou íntimo deles. Escreveu a obra quase toda e depois esperou alguns anos até executarem os criminosos, para acrescentar o capítulo final e publicar o livro. Durante todo esse tempo, Capote se encontrava e se correspondia com os condenados, que lhe enviavam cartas angustiadas pedindo que intercedesse por eles diante das autoridades, que pedisse o indulto, que ajudasse a salvar sua pele. Ele respondia com palavras educadas e assegurou que chegara a sentir carinho por eles, mas no fundo mais obscuro de si mesmo estava desejando que os juízes rejeitassem todos os seus recursos e que os matassem de uma vez, para poder lançar seu livro e desfrutar da glória, porque ele sabia que era o melhor que tinha feito. Capote escreveu à sua amiga Mary Louise: "Como possivelmente você soube, a Suprema Corte rejeitou as apelações (pela terceira maldita vez), então pode ser que logo algo aconteça em um sentido ou outro. Já me decepcionei tanto que quase não me atrevo a confiar. Mas me deseje sorte!". Truman não fez nada por Dick e Perry, e o certo é que ficou horrorizado, mas também se regozijou quando por fim foram enforcados; e não acredito que essa miséria moral possa ser alcançada impunemente.

Esta deve ter sido, portanto, uma das causas da queda de Capote: sacrificou a vida de dois homens ao bárbaro idolozinho da sua própria fama, e isso é de deixar o ânimo revirado. Decerto nunca entendi muito bem por que ele se enfiou nessa lixeira emocional e por que esperou até o cumprimento da pena capital para publicar o livro, pois *A sangue frio* não precisava terminar com a execução para ser uma obra redonda; de fato, o que Truman escreveu depois da morte dos assassinos é, de longe, a pior parte do relato, que poderia ter terminado (e teria ficado melhor) com Dick e Perry no corredor da morte. Mas, provavelmente, ele se perdeu de novo na ambição, quer dizer, no excesso de ambição: Capote quis fazer O Melhor Livro do Mundo, e deve ter enfiado na cabeça que, para ser perfeito, precisava terminar com a agonia dos assassinos, da mesma maneira que tinha começado com a agonia dos agricultores. Mas ele se enganou. Enganou-se eticamente e, o que para ele era ainda pior, também literariamente.

Desde o primeiro momento da publicação, *A sangue frio* foi um tremendo sucesso. Capote estava no melhor da vida, tinha escrito um livro maravilhoso, as pessoas o compravam que nem água, o dinheiro entrava aos montes, ele tinha se tornado aquele garoto riquíssimo e famosíssimo que sempre quis ser. E o que aconteceu então? Aconteceu que ele se afundou com muito alarde. Viveu mais de nove anos depois da publicação de *A sangue frio*, mas durante esse tempo publicou o punhadinho de contos de *Música para camaleões*. A todo mundo dizia que estava trabalhando em um romance monumental intitulado *Súplicas atendidas*, o romance perfeito que o transformaria no novo Proust, mas quando ele morreu foram encontrados só três capítulos e, é claro, não eram dignos nem de Proust nem do próprio Capote. Nesses anos finais de bloqueio e angústia, Truman se transformou em um alcoólatra e ingeriu todos os comprimidos do mundo. Estava drogado, embrutecido, enlouquecido, desesperado. Morreu aos cinquenta e nove anos, tão deteriorado como um octogenário malcuidado. Pouco antes do fim, declarou:

Mil vezes me perguntei: por que foi que isso me aconteceu? O que fiz de errado? E acho que alcancei a fama jovem demais. Forcei demais, cedo demais. Eu gostaria que alguém escrevesse o que de verdade significa ser uma celebridade [...] só serve para que aceitem seu cheque em uma cidade. Os famosos às vezes se tornam tartarugas viradas para cima. Todo mundo pega na tartaruga: a mídia, pretensos amantes, todo mundo, e ela não consegue se defender. É muito difícil para ela virar-se novamente.

(Tudo isso é recolhido por Gerard Clarke na sua incrível biografia sobre Capote).

Pois é, com certeza a fama teve sua parte de culpa na destruição de Capote, assim como o supremo egocentrismo com o qual ele despachou Dick e Perry. Mas, além disso, houve um terceiro motivo pelo qual Truman se quebrou; e é que, depois do enorme sucesso de público e de vendas de *A sangue frio*, os críticos, essas estranhas criaturas com frequência tão invejosas, tão equivocadas e tão esnobes, decidiram que algo que triunfava não podia ser bom nem digno dos seus gostos requintados e, consequentemente, não deram a Capote nem o National Book Award nem o Pulitzer, os dois prêmios mais prestigiosos do ano. De fato, depois se soube que um dos jurados do National, Said Maloff, crítico da *Newsweek* e uma dessas jiboias às quais Walser se referia, convenceu os outros jurados de que o prêmio deveria ir para um livro menos "comercial" do que *A sangue frio*. No entanto, alguns anos mais tarde não tiveram problema algum em outorgar ambos os prêmios a Norman Mailer por *Os exércitos da noite*, um livro medíocre que imita de algum modo o tratamento realista de *A sangue frio*.

Não resta dúvida de que o tratamento que Capote recebeu por parte da crítica oficial foi estúpido e injusto, mas, por outro lado, Truman deixou que esse sucesso miserável o afetasse demais. Isto é, enfiou-se nesse poço sem fundo da vaidade que nunca se sacia, com exigências intermináveis, e não foi suficiente o sucesso monumental que seu livro tivera. Capote queria mais. Queria tudo. E querer tudo é igual a não querer nada;

é algo tão grande que não se pode abarcar. "Quando vi que não me dariam aqueles prêmios, disse a mim mesmo: vou escrever um livro que deixará todos envergonhados de si mesmos. Verão o que um escritor de verdade, dotado de verdade, consegue fazer quando se dedica", explicou anos depois Capote. E aí está definido todo o seu inferno. A vaidade do escritor não passa na realidade de um vertiginoso buraco de insegurança; se a gente se enfia nesse abismo, não deixa de descer até chegar ao centro da Terra. Se cai no poço, dá no mesmo que dois milhões de leitores te digam que adoraram seu romance: basta que um crítico cretino da *Folha Paroquial de Cafundó* escreva que seu livro é horroroso para que você se sinta pra lá de angustiado. Eu não sei de onde vem essa fragilidade idiota, essa necessidade constante de um olhar que te aceite, mas é semelhante à cegueira do apaixonado que se sente só, infeliz e mal-amado quando o objeto do seu amor não lhe dá bola, embora tenha ao seu redor vinte mulheres que estão perdidamente apaixonadas por ele; mas essas ele nem leva em consideração, essas não contam. Seja como for, Capote, para conseguir o amor impossível da crítica esquiva, decidiu fazer um livro maravilhoso que a deixasse pasma, enganando-se em dobro: primeiro, porque pôs a barra tão alto que tudo o que escrevesse necessariamente lhe pareceria insuficiente; e segundo, porque tentou escrever o que supunha que os críticos queriam ler, em vez de confiar no seu *daimon*. E sabemos que essa é a melhor maneira de se perder.

Mas o sucesso ou o fracasso não são as únicas causas que destroem, silenciam ou idiotizam um narrador. O poder, como vimos antes, também corrompe facilmente os escritores. Tenho a sensação de que a gente não pode escrever bem se transforma a vida em uma mentira; há autores que na sua existência foram uns verdadeiros miseráveis e, no entanto, produziram obras maravilhosas, mas provavelmente não mentiam para si mesmos: deviam ser malvados, mas consequentes; quer dizer, é possível que a mentira seja o verdadeiro antídoto da criação. Embora talvez seja o contrário: quem sabe o que acontece é que sua vida vai por água abaixo quando você transforma sua obra em uma mentira.

Sem dúvida há muitas razões para que um romancista emudeça. Enrique Vila-Matas investiga o tema em um livro fascinante, *Bartleby e companhia*, no qual divide os autores entre escritores do sim e escritores do não; e estes últimos terminam mergulhados no silêncio. Por que será que deixam de escrever os muitos autores que deixam de escrever? "É que o tio Celerino, que era quem me contava as histórias, morreu", desculpava-se Juan Rulfo quando lhe perguntavam porque não publicava nenhum outro livro. E ele devia ter razão: morreu ou se calou quem sussurrava ficções dentro da sua cabeça. Todos nós, narradores, temos um tio Celerino dentro da gente; e tomara que ele não morra nunca.

Mas foi o argentino César Aira que, no seu lúcido livrinho *Cumpleaños* [Aniversário], fez a reflexão que me parece mais atinada sobre por que um escritor de repente é atacado pelo desânimo, pelo bloqueio, pelo desalento, pela seca (como dizia Donoso), pela mudez definitiva ou passageira. Concordemos primeiro, para entender a análise de Aira, que romancear consiste em grande medida em vestir narrativamente o que você conta, em inventar mundos tangíveis. O Prêmio Nobel V. S. Naipaul explicou isso muito bem a Paul Theroux quando lhe disse: "Escrever é como praticar prestidigitação. Se você se limita a mencionar uma cadeira, evoca um conceito vago. Se você diz que está manchada de açafrão, de repente a cadeira aparece, torna-se visível". Pois bem, Aira já escrevia fazia algumas décadas quando, perto dos cinquenta, começou a sentir essa falta de vontade criativa que tanto se parece com uma doença física. E explica em *Cumpleaños*:

Com o tempo, percebi onde estava o problema: no que se chamou de *a invenção dos traços circunstanciais*, quer dizer, os dados precisos do lugar, a hora, as personagens, a roupa, os gestos, o cenário propriamente dito. Começou a me parecer ridículo, infantil, esse detalhamento da fantasia, essas informações de coisas que na realidade não existem. E sem traços circunstanciais não há romance, ou há, mas abstrato e desencarnado, e não vale a pena.

Exato, é isso. Releio as linhas de Aira e sei que ele roçou algo substancial. O detalhamento imaginário, ele diz, começou a lhe parecer ridículo e infantil. Ou, o que dá no mesmo, Aira estava acima do jogo narrativo, como quem está acima dos cavalinhos do parque de diversões: como assim, com vinte anos você ainda quer subir no carrossel? Que coisa ridícula. O envelhecimento é um processo orgânico bastante lamentável que mal tem um par de coisas boas (uma é que, se você se esforçar, aprende algumas coisas; e a segunda é que é a melhor prova de que você ainda não morreu) e muitas outras péssimas, como, por exemplo, que seus neurônios são destruídos aos montes, que suas células se deterioram e oxidam, que a gravidade joga seu corpo na direção da terra-túmulo, debilitando os músculos e derrubando as carnes. Pois bem, apesar de todos esses pesares, e outros que não cito, é possível que se some também uma gastura opressiva da realidade, a perda progressiva da nossa capacidade de fantasia, o enrijecimento da imaginação. Ou, o que dá no mesmo, a morte definitiva da criança que levamos dentro de nós. A gente se torna velho por fora, mas também por dentro; e deve ser por isso que os leitores, à medida que crescem, vão deixando majoritariamente de ser leitores de romances e derivam para outros gêneros mais instalados no realismo notarial, a biografia, a história, o ensaio. Esse esgotamento senil da imaginação (da criatividade) pode acontecer com todos os humanos, mas se você é romancista, isso incomoda duplamente, porque aí fica sem trabalho. Então, a louca da casa, farta dos seus desprezos de velho bobo, vai embora com o tio Celerino em busca de cérebros mais elásticos. Para escrever, enfim, cabe continuar sendo criança em algum lugar de si mesmo, sem crescer demais. Quem sabe, talvez seja por isso que admiro tanto os anões.

Oito

No seu fantástico livro *A sombra de Naipaul*, Paul Theroux fala das duplas de irmãos escritores e diz que, curiosamente, um sempre é inferior ao outro, o que, pensando bem, é um comentário um pouco absurdo, porque seria bastante estranho que ambos alcançassem exatamente a mesma grandeza literária, sem contar que não sei como se mede essa grandeza ou o que devemos levar mais em consideração na hora de valorizá-la: o sucesso em vida ou o triunfo póstumo, ou as honras e os prêmios recebidos, ou a quantidade de leitores, ou a influência na sua época. A qualidade literária é um dos valores mais subjetivos e mais dificilmente mensuráveis que conheço; se você é engenheiro e faz uma ponte, por exemplo, pode estar mais ou menos certo da sua capacidade profissional na medida em que ela não cair; mas se você é romancista e escreve um manuscrito, quem garante que essa resma de páginas impressas, esse monte de mentirinhas infantis e ridículas, como dizia Aira, são *de verdade* um romance e têm *de verdade* algum sentido? A história demonstra que nem o sucesso em vida, nem os prêmios, nem, pelo contrário, o fracasso e o aborrecimento dos críticos têm sido uma prova fiável da qualidade de uma obra. E nem mesmo o tempo põe as coisas no lugar, como queremos crer porque precisamos de certezas: às vezes caíram nas minhas mãos, por puro acaso, romances de autores antigos totalmente esquecidos e fora de catálogo que, no entanto, achei muito bons e que, previsivelmente, nunca voltarão do cemitério. Quero dizer que escrevemos na escuridão, sem mapas, sem bússola, sem sinais reconhecíveis do caminho. Escrever é flutuar no vazio.

Mas estávamos falando dos irmãos escritores e da teoria competitiva de Theroux, segundo a qual em toda dupla de autores fraternais há um que se destaca e outro que vai mal. E, como exemplos, cita William e Henry James, James e Stanislaus Joyce, Thomas e Heinrich Mann (que são os que menos se ajustam à sua proposição, porque Heinrich foi um autor importante), Anton e Nikolai Tchékhov e Lawrence e Gerald Durrell. Mais uma vez, como em tantas outras ocasiões, fico atônita com a ausência de nomes de mulheres, sobretudo considerando que os irmãos escritores mais célebres da história são irmãs, a saber, as Brontë, que, além disso, tinham a graça de ser três em vez de duas, ou seja, eram um verdadeiro derramamento de fraternidade literária. Mas já se sabe que, embora as coisas tenham melhorado muito, o feminino continua sendo o rosto ensombrecido da lua.

Desse comentário passageiro de Theroux, interessou-me a rivalidade entre irmãos que insinua. Mas não acho que seja apenas uma questão literária; de fato, acho que o âmbito fraternal é o primeiro lugar onde você se mede como pessoa; para ser você, de algum modo você tem de ser contra seus irmãos; eles são seus outros eus possíveis, espelhos de madrasta nos quais você se contempla, e fico achando que talvez essa espécie de desestruturação pessoal, essa falta de construção do eu que alguns adolescentes atuais parecem mostrar, pode se dever também, entre outras coisas, ao fato de muitos garotos de hoje serem filhos únicos e estarem portanto privados do reflexo desse outro que poderia ter sido você, mas que é suficientemente diferente a ponto de permitir sua existência.

Parece bastante natural que os romancistas, sendo como são inclinados à dissociação, tendem a se obcecar nos seus irmãos, esses outros eus de similaridade genética, sobretudo se forem gêmeos, ainda mais se forem gêmeos, muito mais se os irmãos morreram. Na sua fascinante biografia sobre o escritor de ficção científica Philip K. Dick, Emmanuel Carrère conta como Dick, um paranoico furioso e autor de *Androides sonham com ovelhas elétricas?*, o romance que deu origem ao filme *Blade Runner*, viveu a vida toda obcecado pela morte da sua irmã gêmea, Jane, que morreu de fome um mês e pouco depois de nascer, pois a mãe não tinha leite suficiente para os dois bebês (talvez por isso, para expiar sua culpa terrível, Philip tenha sido a vida toda gordo e barrigudo). O livro narra uma história ainda mais inquietante sobre Mark Twain, que, já velho, contou a um jornalista que tivera um irmão gêmeo, Bill, com quem era tão parecido que ninguém conseguia distingui-los, até o ponto que tinham de amarrar barbantes coloridos nos pulsos para saber quem era quem. Pois bem, um dia os deixaram sozinhos na banheira e um deles se afogou. E, como os barbantes tinham se desamarrado, "nunca se soube qual dos dois tinha morrido, se Bill ou eu", explicou Twain placidamente ao jornalista.

Minha irmã Martina, felizmente, está muito viva, e não somos gêmeas idênticas, e não nos parecemos nem um pouco. Ela tem três filhos (dois deles gêmeos), eu não tenho nenhum; ela está felizmente há vinte anos com o mesmo homem ou, pelo menos, estão sempre juntos e ela nunca se queixa (é bem verdade que ela fala muito pouco), enquanto eu tive sei lá quantos companheiros e costumo reclamar de todos eles. Ela é de uma eficácia colossal, trabalha com competência como gerente de uma empresa de informática, cuida dos filhos, toca a casa como um general intendente tocaria uma ofensiva, cozinha como um chefe premiado pelo guia Michelin, resolve todos os problemas burocráticos e legais com facilidade inumana e sempre está tranquila e relaxada, como se sobrassem horas no seu dia; já eu não sei cozinhar, tenho um escritório que é que nem um chiqueiro, arrumar um armário me parece um desafio insuperável, nunca lembro onde deixei os óculos (já cheguei a localizá-los, depois de árduas horas de busca, dentro da geladeira), corro agitadíssima pela casa e pela vida como se tivessem roubado um dia do meu calendário e acho que a única coisa que sei fazer é escrever. Martina é tão corajosa que beira a inconsciência, enquanto eu sou bastante covarde (mas sempre acreditei que a valentia física anda de mãos dadas com a falta total de imaginação, com a incapacidade de representar mentalmente o perigo e, por conseguinte, quanto mais fantasioso você é, mais medo você tem). Martina tem um dom para criar ambientes, para construir um entorno de plácida domesticidade, para fazer que as lâmpadas da sua casa difundam uma luz dourada e feliz, para conseguir que onde ela está seja um lar ("Onde Eva estava era o Paraíso", escreveu o desconsolado Mark Twain na lápide da sua saudosa esposa, que devia ser como minha irmã), enquanto eu nunca consegui acertar a iluminação de nenhuma das minhas casas, sempre há luz demais ou sombras demais, da mesma maneira que sempre faz calor demais ou frio demais, estranhas correntes nos corredores, cantos intransitáveis ou desaprazíveis, e uma sensação geral de lugar de passagem, porque meu lar é o interior da minha cabeça. Martina, por fim, é uma fazedora, e eu sou só palavras.

Mas é a palavra que nos torna humanos.

É justamente por isso que as histórias que beiram o silêncio absoluto me angustiam, o silêncio da falta de comunicação, de uma incompreensão total que desfaz a convenção salvadora da palavra. Como a história do papagaio dos atures. No século XVIII, o naturalista alemão Humboldt viajou para a Venezuela à frente de uma expedição científica; em dado momento do périplo, chegaram ao vilarejo dos indígenas atures e descobriram que fora queimado até as bases fazia poucas semanas pelos agressivos caribes; os restos já começavam a ser cobertos pela selva. Buscaram e buscaram, mas não havia nenhum sobrevivente. Só encontraram um confuso papagaio de cores brilhantes, morando entre as ruínas, que repetia sem parar longas falas em uma língua incompreensível. Era a fala dos atures, mas não restara ninguém que pudesse compreendê-la.

Ou esse outro caso, autêntico e terrível, de um mendigo da cidade de Nova York que foi recolhido da rua pelo serviço social, já não me lembro bem por quê, talvez tenha desmaiado de frio ou sofrido um leve atropelamento sem consequências. Seja como for, foi submetido a uma análise superficial e consideraram que tinha um parafuso a menos: não falava, não dava sinais de reconhecer nada do que diziam, bramava e se agitava furiosamente... Um juiz determinou que ele podia ser um perigo para si mesmo e para os outros, ordenando sua internação em um hospital psiquiátrico. Passou dez anos trancado em um manicômio, até que alguém descobriu que não era louco, mas mudo, analfabeto e romeno, um imigrante ilegal recém-chegado ao país quando fora detido. Não entendia o que diziam e não conseguia se expressar, sendo sua fúria a angústia de quem se sabe incompreendido.

Mas as duas histórias mais atrozes que conheço, ambas verídicas, são protagonizadas, respectivamente, por uma criança e uma chimpanzé. O primeiro se chamava Hurbinek e era um menino que morreu em Auschwitz quando tinha três anos de idade. Estava sozinho, sem pai nem mãe. Tinha as pernas deformadas e paralisadas, passara pelas sádicas mãos de Mengele e não sabia dizer nenhuma palavra, embora não fosse mudo. Talvez não falasse porque ninguém lhe ensinou. Talvez o tivessem amarrado e martirizado nos laboratórios durante meses ou anos (o dr. Mengele estava levando a cabo uma meticulosa pesquisa sobre a dor e fazia testes com crianças judias). Provavelmente Hurbinek nascera no campo de concentração. Quer dizer, passou a vida toda no inferno. E não conseguiu sequer contar o que acontecera, o que fizeram com ele. Essa história terrível foi incluída por Primo Levi em *A trégua*, mas fiquei sabendo dela em *El comprador de aniversarios*, o demolidor romance de Adolfo García Ortega.

Quanto à chimpanzé, ela se chamava Lucy e não me lembro bem de onde era, suponhamos que do Quênia. Ela fora adotada por um casal de biólogos ingleses, que a recolheram ainda bebê e a criaram dentro da sua casa como se fosse humana, ensinando-lhe a linguagem dos surdos-mudos, o que, por si só, não é nada extraordinário, pois muitos primatas aprendem a entender e usar esse código gestual. Passaram-se, assim, bastantes anos, talvez quinze ou vinte, e os biólogos se aposentaram e tiverem de voltar para Londres. Era impossível levar Lucy com eles, de modo que a deixaram em um zoológico. Novamente se passaram muitos anos; e depois desse tempo, um professor de crianças com deficiência, que estava passando as férias na África, foi visitar o zoológico e se deparou com uma chimpanzé que, aferrada às grades da sua jaula, fazia gestos absurdos e frenéticos para todo aquele que se aproximava. O professor, curioso, também se aproximou; e ficou paralisado ao comprovar que entendia o que o animal estava dizendo. Era Lucy, que, na linguagem dos surdos-mudos, pedia desesperadamente para todo mundo: "Me tire daqui, me tire daqui, me tire daqui...".

"Que língua ouve o surdo-mudo?", pergunta-se brilhante e inquietantemente Barbara Tuchman (*Um espelho distante*). "O traumático não é sempre o que faz barulho, mas o que fica mudo", diz Carmen García Mallo, amiga e além disso psicanalista. "E a partir do silêncio faz barulho."

Martina e eu tínhamos oito anos quando um dia minha irmã desapareceu. Com exceção dos primeiros meses da minha tuberculose, que nos separaram, normalmente estávamos sempre juntas; brincávamos juntas, brigávamos juntas, dormíamos a sesta juntas, a contragosto, nas longas tardes de verão. Era um fim de tarde de agosto e estávamos no bulevar da Reina Victoria, nossa rua, brincando de catar tampinhas de garrafa. Devia ser domingo, porque meu pai estava com a gente. Ele tinha sentado a uma mesa do barzinho para beber uma cerveja e ler o jornal. De repente, fiquei com vontade de tomar um sorvete. Não sei se eu já tinha o dinheiro, não sei se papai me deu; seja como for, ele deixou que eu fosse comprar. Martina não queria sorvete. Também não queria vir comigo. Estávamos aborrecidas, me lembro bem. Sempre nos aborrecíamos por qualquer coisa. Então andei pelo bulevar empoeirado, entre as grandes árvores torturadas pela tarde, até a barraquinha dos picolés, que ficava na outra ponta do passeio, a uns duzentos metros, e comprei um biscoito com sorvete de creme e morango. Lembro-me de tudo com precisão e com um estranho distanciamento, como se fosse um filme visto vinte vezes. E voltei devagar, dando milimétricas lambidas no sorvete (era preciso chupar esse tipo de sorvete com muito método para que o perímetro diminuísse de forma equilibrada) e curtindo o momento. Não sei quanto demorei nisso tudo: quem sabe uns dez minutos. Quando voltei até o barzinho, Martina não estava. Não fiquei preocupada, nem mesmo surpresa. Pensei que a bobona tinha se escondido para me chatear; então nem mesmo olhei à minha volta para ver onde ela estava, pois não queria que ela me pegasse procurando. Sentei-me à mesa com meu pai e acabei de devorar meu sorvete devagar. Muito devagar. Devem ter se passado mais uns dez minutos. E Martina continuava sem aparecer. Comecei a espiar o bulevar para cima e para baixo, para ver se a encontrava. Os postes se acenderam e, com a chegada da luz elétrica, a noite caiu de supetão sobre nós. Papai dobrou o jornal, ergueu a cabeça e olhou para mim:

— Vamos para casa. Cadê sua irmã?

— Não sei.

— Como assim, você não sabe?

E essa pergunta abriu um abismo dentro da minha cabeça. De repente, entendi que eu tinha me enganado; que minha irmã não estava se escondendo, mas havia desaparecido; que alguma coisa muito grave estava acontecendo; que eu era em parte culpada pelo que estava acontecendo por não ter avisado meu pai a tempo. Comecei a chorar, horrorizada. Em um milésimo de segundo, todo o meu mundo estável, doméstico e seguro tinha se transformado em um pesadelo.

— Achei que ela queria me irritar! — balbuciei entre lágrimas.

A partir desse momento, a nitidez das minhas lembranças se borra. Só sei que meu pai procurou por ela freneticamente pelo bulevar, pela avenida; sei que gritamos seu nome e que perguntamos aos outros clientes do barzinho. Ninguém a vira. Então me pai segurou minha mão, muito zangado, e disse:

— Ela deve estar em casa.

Mas eu sabia que isso não era possível, porque não nos deixavam atravessar a rua sozinhas. Subimos no elevador sem dizer uma palavra: entramos em casa. O corredor escuro e silencioso. A cozinha, onde minha mãe preparava o jantar. Martina não estava. Sente-se, meu pai disse para minha mãe. Ela, achando estranho, puxou uma das cadeiras que estavam encostadas na mesa e desabou nela; e então meu pai lhe contou. Suponho que houve gritos, suponho que houve lágrimas; só lembro que a cadeira de madeira sem verniz estava manchada de açafrão ali onde minha mãe, que tinha as mãos sujas de cozinhar, a segurara. A mancha alaranjada com forma de borboleta ocupava toda a minha visão, toda a minha cabeça. Suponho que não queria ou não conseguia pensar em mais nada.

O que veio depois não passa de uma bruma confusa na minha memória. Fui afastada da zona candente, como os adultos sempre fazem com as crianças nos momentos de crise; fui mandada para Cuatro Caminos, com meus avós. Mas a distância do conflito não alivia as crianças, antes o contrário, porque elas têm ainda uma imaginação rica e florida, e o medo imaginário costuma ser pior do que o perigo e a dor real. Passaram-se três dias de agonia e sussurros, disso eu me lembro: uma casa na penumbra e meus avós falando muito baixinho, para que eu não ouvisse. Até que certa manhã minha avó veio e me disse:

— Martina apareceu e está bem, graças a Deus. Se arrume e vamos para casa.

— O que aconteceu com ela? — perguntei.

— Seus pais já vão te contar.

E aqui vem o mais estranho e inquietante de tudo: nunca me contaram. Cheguei em casa e encontrei Martina brincando de recortar na mesa de jantar, como se nada tivesse acontecido; pior ainda, como se ela fosse a filha atenta e boa, a que sempre tinha ficado em casa, e eu, a que tinha voltado depois de três dias de ausência, depois de ter desaparecido, depois de ter me perdido, depois de ter sido expulsa sabe-se lá para qual exílio. O que aconteceu?, me apressei a perguntar assim que entrei. Nada, não aconteceu nada, uma besteira, já passou, não há nada para contar nem para falar, me responderam; e me fizeram sentar com ela para brincar de recortar. Minha irmã quem sabe estivesse um pouco pálida, mas tinha uma cara boa, e inclusive me pareceu perceber nela uma expressão altiva, de quem estava se achando, ou de gozação, ou de triunfo. Perguntei também a ela umas cem vezes sobre o que tinha acontecido, nesse mesmo dia e nas semanas seguintes, abertamente ou na intimidade, quando estávamos sozinhas; e nunca consegui outra resposta além de uma bufada de pedantismo ou um sorriso malicioso. Dentro de poucos meses, o tema do desaparecimento da minha irmã se tornara um desses tabus que tanto abundam nas famílias, lugares apertados e secretos, pelos quais ninguém transita, como se esse acordo tácito de não revisão e não menção fosse a base da convivência ou inclusive da sobrevivência dos membros do grupo familiar. E esses tabus, esses poços de realidade intocável e indizível são tão poderosos que, de fato, podem perdurar durante gerações sem nunca serem nomeados, até que desaparecem da memória dos descendentes. No nosso caso concreto, depois daquelas primeiras semanas de ansiedade, não perguntei de novo nem para minha irmã nem para meus pais sobre o estranho incidente do desaparecimento; nem mesmo agora, sendo já tão velhos como somos, me ocorreu interrogá-los sobre o que aconteceu nesses três dias. Talvez esteja escrevendo este livro justamente para perguntar o que aconteceu, afinal. Talvez na realidade todos os escritores escrevam para cauterizar com suas palavras os impensáveis e insuportáveis silêncios da infância.

Nove

Gosto muito de Italo Calvino; gosto da sua prosa limpa, dos seus romances fantásticos, gosto dos ensaios literários de *Seis propostas para o próximo milênio*. Mas há pouco tempo li um livro curioso dele, *Eremita em Paris*, que reúne textos diversos, fundamentalmente autobiográficos, e que fez com que Calvino me parecesse por momentos um tanto chato. O núcleo do volume é composto de um diário que ele manteve na sua primeira viagem aos Estados Unidos, realizada em 1959, por causa de uma bolsa que ganhou. E há momentos em que ele se mostra tão vaidoso! Por exemplo, escreve periodicamente para a editora italiana para a qual trabalha (Einaudi), enviando a cada vez várias páginas com suas reflexões sobre os Estados Unidos; e explica à receptora das cartas:

> Daniele, isso é uma espécie de periódico para uso dos amigos italianos [...] guarde tudo junto em uma pasta, à disposição de todos os colegas e também dos amigos e visitantes que tenham vontade de lê-lo, e cuidado para que não se perca, mas que seja lido, de modo que o tesouro de experiências que acumulo seja um patrimônio de toda a nação.

E por que só da nação? Por que não do mundo inteiro? Que prepotência tão absurda a desse parágrafo. Por certo, as reflexões sobre os Estados Unidos são bastante simplórias e o tesouro de experiências é antes uma pequena gaveta de bugigangas.

A favor de Calvino é preciso dizer que, quando anos mais tarde lhe propuseram publicar esse diário, ele se negou, pensando, com razão, que carecia da qualidade suficiente (a publicação foi póstuma), de maneira que cabe a esperança de que a gente vá melhorando à medida que envelhece.

Naquela viagem, Calvino era, é claro, jovem, mas nem tanto: trinta e dois anos. Um dos seus livros saíra em inglês um pouco antes de ele chegar aos Estados Unidos, e Calvino escreve: "Meu livro está exposto nas livrarias, nas vitrines ou nos mostradores? Não, nem sequer em uma". De modo que vai conversar com seu editor e "arranca" dele a promessa de mandar alguém falar do seu livro com os livreiros... Eis aqui de novo a vaidade despontando dos seus olhinhos ansiosos e, além disso, uma vaidade perfeitamente reconhecível, porque todos nós, escritores, somos vítimas desse narcisismo louco, só que alguns talvez sejamos mais conscientes do ridículo e procuremos nos reprimir e aguentar, enquanto outros vivem sua vaidade como uma longa viagem sem volta. Todos os escritores se sentem tentados a entrar nas livrarias para comprovar se há um livro seu e se está bem exposto, e o pior é que muitos autores o fazem, entram em todas as livrarias que encontram no caminho e em outras pelas quais passam de propósito, à procura das suas obras, e acham que estão mal dispostas, e depois martirizam seus editores e seus agentes com telefonemas angustiados e indignados.

Ah, a vaidade do escritor... Podemos chegar a ser uma autêntica maldição. Talvez seja pela nossa especial dependência do olhar alheio ou porque a falta de critérios objetivos na hora de julgar um romance faz com que sempre nos sintamos um pouco inseguros, sempre um pouco no ar; mas o certo é que a vaidade é, para nós, como uma droga pesada, um pico de reconhecimento exterior que, como toda droga, nunca sacia a necessidade de aprovação de que padecemos. Ao contrário:

quanto mais cedemos à vaidade (quanto mais nos injetamos), mais precisamos dela. Vejo-a em mim mesma e ao meu redor, e tento aprender com isso: vejo que todos queremos sempre mais, muito mais, independentemente da nossa situação. Aqueles que têm sucesso de crítica anseiam pelo sucesso de público; aqueles que vendem montes de livros se queixam porque não acreditam ter suficiente sucesso de crítica; e aqueles que triunfaram tanto nas vendas como no reconhecimento dos mandarins da cultura, respeitável público, também choram! Porque de alguma maneira acham que todos os prêmios que ganharam não são suficientes, que os muitos leitores que têm deveriam ser ainda mais, que há uns críticos que olharam para eles de mau jeito. Enfim, como a vaidade é para nós uma droga, a única maneira de não virar escravo dela é se abster do uso o máximo possível. Algo verdadeiramente difícil, porque o mundo atual fomenta a vaidade até o paroxismo.

Já se sabe que hoje os livros fazem parte do mercado e são vendidos com técnicas comerciais tão agressivas como as empregadas por fabricantes de refrigerantes ou de carros, o que tem coisas ruins, mas também algumas boas: por exemplo, que os livros chegam até mais gente; ou que, ao estar dentro do mercado, estão dentro da vida, porque hoje tudo é mercado, e se a literatura permanecesse totalmente à margem talvez se transformasse em uma atividade elitista, artificiosa e pedante. Mas as coisas ruins que essa situação acarreta são, é claro, muito ruins: como, por exemplo, que os livros de tiragem pequena mal podem subsistir, porque, para vender três mil exemplares de um título, a obra teria de estar um ano nas lojas, umas cópias aqui, outras cópias ali; mas acontece que hoje esses livros são devolvidos e guilhotinados aos quinze dias, porque as livrarias carecem de lugar onde expô-los, abarrotadas do jeito que estão com as transbordantes torres de best-sellers. É uma tragédia porque a literatura e a cultura de um país *precisam* dessas obras de três mil exemplares que hoje estamos perdendo.

Essa é uma consequência da obrigatoriedade do sucesso comercial, que se tornou uma necessidade quase frenética. Ao que parece, a única medida do valor de um livro hoje é a quantidade de cópias que ele vende, uma apreciação em todo caso absurda, porque há obras que vendem a rodo e livros incríveis que mal circulam (o que não quer dizer, naturalmente, que os livros bons sejam por definição os que não vendem e os livros ruins os que sim: essa é outra estupidez do mesmo calibre que esteve na moda há alguns anos). Hoje tudo te impele, te seduz, te induz, te urge a vender e vender e vender, porque, caso contrário, você não existe. E, assim, autores e editores mentem no número de cópias vendidas, e seus amigos, parentes e inimigos leem as listas de best-sellers com a avidez de quem lê um romance policial. Até sua mãe liga para te dizer, muito compungida: "Filha, você desceu três lugares na lista!". O que faz com que, quando por fim desaparece da maldita lista, você sinta um alívio melancólico semelhante ao experimentado quando arranham pela primeira vez seu carro novo.

Releio o que acabei de escrever e fico com vergonha: o que será que sentem, então, aqueles escritores excelentes que nunca chegaram a estar em uma lista de best-sellers? E os escritores péssimos que também não estiveram, e que sem dúvida sofrem exatamente igual aos bons? Nos nossos melhores momentos, quando a insegurança não nos corrói demais, todos nós nos achamos maravilhosos. Há muitos anos entrevistei Erich Segal, o autor de *Love Story*, aquele romancinho sentimental que vendeu horrores no mundo todo. Segal tinha acabado de escrever um livro novo, *The Class* [A aula], um tijolão, do meu ponto de vista, também horroroso, com o qual aspirava ganhar o reconhecimento da crítica sisuda (porque, naturalmente, o sucesso comercial não lhe bastava); e lembro que Segal, de quem eu gostei e me pareceu um cara legal, começou a ler para mim parágrafos do seu romance, emocionado até as lágrimas com o que ele mesmo dizia, embora os parágrafos fossem de uma vulgaridade horripilante. Céus, pensei, muito incomodada: não resta dúvida de que ele acredita que o que está lendo é lindo, será que a mesma coisa não pode acontecer comigo e que, no meu delírio, eu acredite ser uma escritora?

"Descobri, não sem pesar, que qualquer mentecapto era capaz de escrever", disse Rudyard Kipling, referindo-se aos seus primeiros anos como narrador. E Goethe inclui uma anotação muito divertida na sua autobiografia *Poesia e verdade*, ao narrar a época da sua infância:

As crianças celebravam encontros dominicais nos quais cada um de nós tinha de compor seus próprios versos. E nesses encontros me aconteceu algo singular que me deixou intranquilo durante muito tempo. Fossem como fossem, o caso é que eu sempre me via obrigado a considerar que meus próprios poemas eram os melhores, só que de repente me dei conta de que meus competidores, que geravam produtos muito insossos, se encontravam na mesma situação e não consideravam a si mesmos piores do que eu. E o que me pareceu ainda mais suspeito: um bom rapaz com quem, aliás, eu me dava bem, mesmo sendo incapaz de realizar semelhantes trabalhos e fazendo seu preceptor compor as rimas para ele, não só considerava que seus versos eram os melhores de todos, mas estava completamente convencido de que ele em pessoa os escrevera [...]. Como podia ver claramente diante de mim tal erro e desvario, um dia comecei a me preocupar que eu próprio pudesse me encontrar no mesmo caso; se aqueles poemas seriam realmente melhores do que os meus e se não poderia ser que eu parecesse àqueles garotos, com razão, tão alienado como eles pareciam para mim. Essa questão me inquietou em grande medida e durante muito tempo, e era-me completamente impossível encontrar uma manifestação externa da verdade.

Como eu já disse, sempre há lugar para duvidar sobre se o que a gente faz tem algum sentido. Daí provém em grande medida nossa fragilidade.

Além disso, escrever ficção é trazer à luz um fragmento muito profundo do seu inconsciente. Os romances são os sonhos da humanidade, sonhos diurnos que o romancista percebe de olhos abertos. Quero dizer que ambas as coisas, os sonhos e os romances, surgem do mesmo estrato da consciência. Às vezes, inclusive, os autores literalmente sonharam suas criações. É o celebérrimo caso de Mary Shelley e seu lindo e comovente monstro de *Frankenstein*, que apareceu inteiro dentro da sua cabeça no transcurso de uma noite alucinada. E Anthony Burgess se levantou uma manhã e encontrou na parede da sua sala de jantar

os seguintes versos rabiscados com batom: Que suas carbônicas gnoses se ergam orgulhosas/ E guiem a grei inteira na direção da sua luz (*Let his carbon gnoses be up right/ And walk all followers to his light*). A letra era minha e o batom, da minha mulher.

No fim do século XVIII, Coleridge escreveu o famoso e longuíssimo poema *Kubla Khan* depois de ter sonhado suas centenas de versos em uma espécie de sesta... E depois há Stevenson, que sonhou inteirinho *O médico e o monstro* em uma noite de febre e doença; levantou-se da cama, escreveu o romance em três dias como um louco, jogou-o no fogo e em outros três dias o escreveu de novo em sua forma definitiva. A ensaísta

Sadie Plant, no seu apaixonante livro *Escrito com drogas*, sustenta que muitos desses supostos sonhos criativos eram, na realidade, delírios induzidos por diferentes substâncias alucinógenas ou estimulantes; e, aliás, assegura que Stevenson tirou seu *O médico e o monstro* não de um sonho mais ou menos inquieto, mas natural, e sim de uma dose massiva de cocaína. Seja como for, a própria Sadie Plant recupera um texto publicado por Stevenson em 1888 intitulado "Um capítulo sobre o sonho", em que o escritor refletia sobre a importância da vida onírica e falava dos *brownies*, ou pequenos duendes, personagens que, segundo Stevenson, sonhavam os romances por ele e os sopravam no seu ouvido, mantendo frequentemente o próprio autor na ignorância de para onde se dirigia a história. Esses pequenos duendes são como o *daimon* de Kipling, e é verdade que todos os narradores, à margem do nosso maior ou menor talento, têm em algum momento essa sensação, a inquietante percepção, quase a certeza, de que o romance está sendo inventado por outro, está sendo ditado por outra, porque você não sabia que sabia o que está escrevendo.

E esse outro ou essa outra é sua imagem refletida no espelho de Alice, é o inverso de você mesmo, é sua outra dimensão. Estou convencida de que, durante as noites, quando dormimos e começamos a sonhar, na realidade entramos em outra vida, em uma experiência paralela que guarda sua própria memória, sua continuidade, sua causalidade tortuosa. Por exemplo, eu sei que no mundo das minhas noites e dos meus sonhos tenho um irmão que se chama Pascual, embora nesta vida real eu só tenha minha irmã Martina. Esse outro eu onírico está muito mais relacionado com o subconsciente do que nós; e quanto mais nosso outro eu descer até esses estratos do ser aonde as palavras já não chegam, a esses abismos vulcânicos em que ferve o magma primitivo das imagens, mais se aproximará dos medos e dos desejos coletivos; porque no fundo de nós, muito no fundo, todos somos iguais. Por isso Stevenson, que tinha uma relação muito fluida com seus *brownies*, conseguiu sonhar seu *O médico e o monstro*, uma história que hoje todo mundo conhece, embora na atualidade quase ninguém tenha lido o romance. E por que esse relato foi tão importante, por que passou a fazer parte da cultura popular, da representação convencional do mundo? Ora, porque com seu livro Stevenson descreveu o que todos intuíamos mas não conseguíamos saber, pois não tínhamos palavras para nomear: que nós, humanos, somos muitos dentro de nós, que estamos dissociados; que, como diz Henri Michaux em uma frase formidável, "o eu é um movimento na multidão". Isto é o que o romancista verdadeiramente talentoso faz: pesca imagens do subconsciente coletivo e traz à luz, para que entendamos um pouco melhor o obscuro mistério da nossa vida. "Do que não se pode falar, é preciso calar", disse Wittgenstein na sua celebérrima frase do *Tractatus*. Não, do que não se pode falar é preciso imaginar, é preciso sonhar, é preciso alinhavar os contos substanciais com o que contamos a nós mesmos. Desde o início dos tempos, o mito foi a melhor maneira de combater o silêncio.

De modo que escrever romances é uma atividade incrivelmente íntima, que te submerge no âmago de você mesmo e traz à tona os fantasmas mais ocultos. Como não se sentir frágil depois de um exibicionismo tão desaforado? Às vezes penso que publicar um romance é como arrancar um pedaço do nosso fígado e deixá-lo em cima de uma mesa na frente da qual os outros vão passando e comentando impiedosamente o que acham: "Mas que víscera mais feia", pode dizer um; "mas que cor horrível ele tem, sem falar na textura, que é um nojo", talvez comente outro. E você, que naturalmente se identifica com seu fígado, ouve essas coisas e quer morrer. Por isso (conta Theroux), Naipaul disse certo dia a um entrevistador: "Não consigo me interessar pelas pessoas que não gostam do que eu escrevo, porque ao não gostar do que eu escrevo você está me desprezando". É uma frase egocêntrica e bárbara, mas a verdade é que eu a entendo... Inclusive, acho que a gente pode sentir a tentação de compartilhá-la, só que nos corrigimos e reprimimos, da mesma maneira que reprimimos outros vícios reprováveis, como, por exemplo, enfiar o dedo no nariz. Nós, escritores, costumamos pensar que nossos livros são o melhor de nós e, se isso é desprezado, como você, que é muito pior do que suas obras, não vai ser desprezado? Quando alguém não gosta dos seus romances, você tende a se sentir rejeitado globalmente como pessoa. Por isso Gore Vidal, sempre tão lúcido e tão malvado, disse que o melhor elogio que se pode fazer a um escritor consiste em enaltecer sua obra que teve menos sucesso. E por isso também você costuma manifestar uma estranha tendência a pensar que as pessoas que gostam do que você escreve são muito inteligentes, enquanto aquelas que mostram ressalvas é possível que, afinal de contas, não sejam tão atinadas como você achava que eram.

Tudo isso, como é natural, não favorece nem um pouco as relações dos escritores com os críticos. Nem mesmo com os bons críticos, que certamente existem, embora sejam poucos. É verdade que todos os escritores sonham em encontrar o crítico perfeito, aquela pessoa que, com respeito, admiração, sensibilidade e inteligência, nos assinale os erros, nos incentive calorosamente os acertos e nos encoraje a seguir pelo bom caminho; mas essa criatura singular pertence ao gênero do fabuloso e é tão irreal como o unicórnio, porque o certo é que, mesmo que topássemos com alguém assim, nos custaria bastante aceitar os julgamentos negativos. As críticas negativas incultas, malévolas e cheias de preconceitos, que são a maioria, indignam e desesperam. E as críticas negativas inteligentes e bem-feitas enchem de insegurança e deprimem. Por outro lado, também as críticas positivas não são um mar de rosas.

A maioria das críticas positivas é inculta, malévola e cheia de preconceitos. Por conseguinte, embora façam bem, não servem de nada, não preenchem aquela necessidade de reconhecimento. Frequentemente a sensação é de que estão falando de um livro que você não conhece.

Estou me referindo às críticas dos jornais, tão entremeadas de interesses econômicos e pessoais; os trabalhos acadêmicos costumam ser melhores; pelo menos seus autores empregaram mais esforço para fazê-los e não são obrigados a dizer que tal obra é boa ou ruim, mas preferem dissecar e analisar o livro, e em mais de uma ocasião te ensinam algo interessante. Mas as críticas da mídia, enfim, são um conflito perpétuo. Um bom número de autores, Martin Amis entre eles, sustenta que os críticos são, na sua vasta maioria, escritores frustrados que tentam se vingar daqueles que conseguiram escrever. Já eu acho que acontece o contrário, que o problema é que não desejam escrever, que não têm ambições suficientes, porque a crítica é um gênero literário e eles poderiam criar uma grande obra se aspirassem a isso. Mas quase nenhum o cogita. Acho que a maioria se contenta em deter seu pequeno poder, aspirando a ser os deusinhos da sua mínima parcela de influências, esse vai se ver comigo, aquela vai ver quando sair minha crítica, enfim, essas coisas sujas e pequenas em que se perdem e se barateiam tantos destinos humanos. O exemplo clássico do crítico poderoso, metido, miserável e cretino é o francês Sainte-Beuve (1804-69), que era a autoridade literária mais importante da sua época, mas não fez nem uma resenha sequer do maravilhoso Stendhal. Sainte-Beuve ignorou um dos mais importantes autores do seu tempo porque, poucos meses antes de Stendhal publicar sua obra-prima *O vermelho e o negro*, ele enviou ao romancista um exemplar dos seus poemas (anteriormente, Saint-Beuve já publicara três livros de versos, os três grandes fracassos) e Stendhal lhe respondeu cortesmente com uma carta cautelosa e moderada na qual o pior que dizia era: "Acredito que o senhor está chamado a destinos literários maiores, mas encontro ainda certa afetação nos seus versos". E esse foi o fim do romancista para Sainte-Beuve.

Mesmo se o crítico tenta ser honesto e rigoroso, é difícil que se evada dos preconceitos do seu entorno, desses lugares-comuns do pensamento nos quais todos caímos. No mesmo livro de Italo Calvino que citei antes, recupera-se um comentário horrendo. Durante alguns anos, logo depois da Segunda Guerra, Calvino pertenceu ao Partido Comunista. Depois saiu, porque sua inclinação era mais aberta, mais inconformista, menos dogmática do que a dos comunistas da sua época, mas sempre se manteve mais ou menos próximo. Quando viajou para os Estados Unidos em 1959 não era mais militante; nessa época, anotou no seu diário que, quando saíram seus primeiros romances fantásticos, "no lado comunista, estourou uma pequena polêmica sobre o realismo"; com isso, Calvino se queixava, prudentemente, da estreiteza mental dos seus antigos camaradas, que consideravam que o gênero fantástico era uma traição à classe operária; claro que, como Calvino de qualquer maneira continuava sendo um companheiro de viagem, logo acrescentava uma frase totalmente ortodoxa: "Mas não faltaram autorizados consensos equilibradores". Pois bem, esse homem, que experimentara na própria pele o dogmatismo crítico, se deparou com o grande sucesso de *O leopardo* nos Estados Unidos. *O leopardo* é a primeira e última obra do príncipe Giuseppe Tomasi de Lampedusa, que, anteriormente, não escrevera nada além de cartas. Aos cinquenta e oito anos escreveu seu único romance e durante anos tentou publicá-lo sem conseguir. Foi rejeitado nas editoras Einaudi e Mondadori, porque o que saía naquela época era a chamada literatura engajada, ou seja, realismo socialista, e a belíssima obra de Lampedusa não tinha nada a ver com isso, para sorte nossa, seus leitores. Finalmente, a Feltrinelli a lançou em 1957, mas o coitado do príncipe morrera poucos meses antes, sem sequer saber se seria publicada. Dois anos mais tarde, enfim, Calvino encontrou nos Estados Unidos a esteira do grande sucesso que, com razão, o romance colhia; e escreveu nas suas cartas e no seu diário este parágrafo obtuso, próprio de um comissário político: "A exaltação de *O leopardo* (que não duvidam em pôr no mesmo plano que Manzoni), toda ela por motivos reacionários, me confirma a enorme importância desse livro na atual involução ideológica do Ocidente". Nem mesmo as cabeças boas se livram do tópico alienante.

Uma vez que as opiniões dos outros são filtradas e pervertidas, assim como as nossas, pelos interesses, pelo narcisismo e pelos preconceitos, seria mais conveniente que nós, escritores, tentássemos ser mais fortes, superando nossa patética vaidade, e não dependêssemos tanto do que os outros dizem. Seria necessário alcançar esse desapego oriental, essa sabedoria taoista, a imperturbabilidade estoica de quem nada deseja. Mas o problema é que, para ser um bom escritor, é preciso desejar sê-lo e, além do mais, desejar de uma maneira febril. Sem a ambição disparatada e soberba de criar uma grande obra, jamais será possível escrever nem mesmo um romance mediano. De modo que, por um lado, seria preciso tentar alcançar a impassibilidade, certa ausência beatífica de desejos e emoções; mas, por outro, é preciso arder até se tornar cinzas na paixão pela literatura e no afã de criar algo sublime. É a quadratura do círculo, uma contradição aparentemente sem saída. Se conhecerem algum escritor que a tenha resolvido, por favor, me digam.

Dez

"Amar apaixonadamente sem ser correspondido é como andar de barco e ficar tonto: você sente que vai morrer, mas os outros acham graça", disse-me um dia com acachapante lucidez o escritor Alejandro Gándara. É verdade: os achaques amorosos costumam provocar nos espectadores um sorrisinho meio gozador, meio apiedado. No entanto, a dor de cotovelo é tão aguda! É um desespero que adoece, uma desolação que esvazia. É curioso que os amigos levem tão pouco a sério um sofrimento que para você é tão profundo; e é ainda mais curioso que você também não se comova muito quando é a vez de seus amigos sofrerem. Por que será que, quando não estamos mergulhados no martírio do desamor, não damos tanta importância a essa infelicidade? Será que, no fundo da nossa consciência, sabemos que a paixão amorosa é uma invenção, um produto da nossa imaginação, uma fantasia? E que, portanto, essa dor que nos abrasa é de algum modo irreal? Claro que todos os psiquiatras sabem que um doente imaginário, por exemplo, pode acabar morrendo de verdade: pode criar um câncer, uma embolia cerebral, uma doença física. Mas os hipocondríacos também são objeto de gozação. A louca da casa às vezes é assim: brinca perversamente conosco, fazendo-nos experimentar uma dor destrutiva e autêntica diante das suas miragens.

Como sou uma pessoa apaixonada, vivi repetidas vezes essa dor amorosa insuportável que depois sempre se acaba suportando. Mas houve uma situação especialmente absurda que parece ter saído de um romance ruim de peripécias e equívocos. Aconteceu faz muito tempo, no verão de 1974, nos últimos tempos do franquismo. Eu tinha vinte e três anos, trabalhava na revista de cinema *Fotogramas*, dividia um apartamento com uma amiga jornalista, Sol Fuertes, e vivia alegremente a incendiária vida do início dos anos 1970, que foram uns anos desmedidos e inconstantes. Era a época do amor livre, da cultura psicodélica, dos shows de rock empesteados pelo cheiro doce e embriagante da maconha. Também era a época das manifestações antifranquistas e das corridas na frente dos *grises*, mas disso eu não tenho a menor saudade; sempre detestei o abuso da força da ditadura, e a estupidez da ditadura, e o medo que a gente passava; e o tempo não me fez mitificar toda aquela nojeira. Viver contra Franco não era melhor de nenhuma maneira; o que eu gostava e ainda gosto daqueles anos era do que não pertencia nem ao franquismo nem ao antifranquismo; o que eu gostava era da liberdade cotidiana que começava a ser construída debaixo do regime que estava desmoronando, e da contracultura, e da música ensurdecedora, e do espírito aventureiro e inovador que pulsava no ar, e da incrível sensação de que seríamos capazes de mudar o mundo. As noites ardiam naquela Madri do verão de 1974. Embora o mais provável seja que as noites sempre ardam quando a gente acaba de fazer vinte e três anos.

Em uma dessas noites tórridas e eternas, fui jantar com Pilar Miró. Ela estava saindo com um diretor de cinema estrangeiro que naquele momento rodava um filme na Espanha. O protagonista do filme era M., um ator europeu que tinha acabado de estourar em Hollywood e naqueles anos era muito famoso. Separado recentemente de uma estrela estadunidense, chegara à Espanha perseguido por uma nuvem de jornalistas sensacionalistas. Pilar tinha me telefonado alguns dias antes para me falar dele: "É um cara ótimo, embora bastante estranho, introvertido, tímido. Está muito sozinho aqui e um pouco deprimido. Você não quer vir jantar com a gente e com M. no sábado? Vai gostar dele, você vai ver. Vou explicar a M. que, embora você trabalhe numa revista, não é como os outros... É que ele odeia os jornalistas, sabe, teve muitas experiências ruins com eles e nisso é um pouco chato". Disse que sim, por diversão, por curiosidade, porque era um homem muito gato e, sobretudo, porque sempre tive um fraco enorme pelos caras estranhos. De modo que saímos, nós quatro, Pilar, o namorado da Pilar, M. e eu. Fomos jantar na Casa Lucio, tomamos um café no Oliver e bebemos várias taças no Boccaccio. Tudo funcionou razoavelmente bem: M. não falava espanhol e eu, naquela época, mal arranhava duas palavras de inglês, de modo que conversávamos engasgada e precariamente em um penoso francês ou em um horrível italiano. Mas, na realidade, não precisávamos do idioma para nos entendermos: nossos corpos falavam, nossos feromônios falavam, a pele roçando, os olhares gulosos. Ele tinha os olhos verdes mais lindos que eu jamais vira, umas mãos grandes e ossudas, uns ombros macios, uns quadris sólidos e esbeltos, como de um dançarino. O ar entre nós soltava faíscas; por alguma razão maravilhosa, era evidente que eu o atraía; agora que sei bem mais sobre o ser humano, penso que naquelas circunstâncias ele teria se sentido atraído por qualquer garota. Passei a noite flutuando a dois palmos do chão, desfrutando da progressiva construção do desejo, do deleite da expectativa, dessa deliciosa sensação que consiste em arder de ânsia sexual sabendo que dali a poucas horas você vai poder satisfazê-la.

Afinal, por volta das quatro da manhã, a gente se despediu de Pilar e seu parceiro e se encaminhou no meu carro para a casa de M. Sua produtora tinha alugado para ele um apartamento mobiliado na Torre de Madri, um arranha-céu de uns trinta andares que naquela época era o prédio mais alto da cidade. A Torre, construída nos anos 1950, fora o orgulho do franquismo, um delírio fálico e um pouco abestalhado de modernidade. Eu nunca entrara nela e naquela noite fiquei surpresa com o aspecto antiquado de tudo. Havia um tétrico vestíbulo com um porteiro cochilando atrás de um balcão, deprimentes luzes de neon e um alvoroço de elevadores que pareciam subir cada um para um andar diferente. Para chegar ao apartamento de M., situado na parte alta do prédio, era preciso mudar várias vezes de elevador e inclusive de nível, abrindo portas, atravessando escadas. Um verdadeiro labirinto.

Mas enfim chegamos. O apartamento era uma extravagância que parecia ter saído de um filme estadunidense dos anos 1950, com cadeiras de fórmica com três pezinhos de metal, um balcão de bar na sala, uma parede revestida de pastilhas verdes e cortinas com desenhos de palmeiras. Depois de nos beijarmos e nos mordermos e rirmos da horrorosa decoração, e nos mordermos e nos amassarmos de novo, ainda de pé e junto da porta, M. me perguntou se eu queria beber algo e se dirigiu para o bar. Ele se agachou para tirar alguma coisa embaixo do balcão, depois se levantou e, de repente, parou de falar, levou a mão aos olhos, empalideceu, soltou uma espécie de suspiro, ou de grito surdo, ou de fungada, e desabou como um fracote. Ele bateu no chão com um barulho horrível; no chão e em algum objeto, porque, quando me lancei aterrorizada sobre ele, vi que, na sua queda, devia ter se chocado com algo: havia sangue no rosto, sobre o olho. Eu mal me atrevia a olhá-lo, eu mal me atrevia a tocá-lo. Comecei a chamá-lo, mas ele não me respondia, continuava desmaiado no chão e jorrando sangue. Agora eu via que um corte tinha se aberto na sobrancelha ou quem sabe na testa, não devia ser grave, sendo a sobrancelha sempre tão espalhafatosa para as hemorragias, tentei me animar; mas o pior não era o golpe, o pior era que ele tinha desmaiado antes mesmo de cair e não estava tão bêbado para isso, podia ter tido um ataque, quem sabe estivesse doente, muito doente, não respondia às minhas palavras, não se mexia e eu não podia fazer nada com ele com minhas forças escassas, era um homão de talvez um metro e noventa e devia pesar pelo menos noventa quilos, e agora estava estatelado no chão como um boneco quebrado.

Ajeitei uma almofada debaixo da sua cabeça, mas logo temi que ele pudesse ter machucado o pescoço ao cair e tirei; molhei a testa dele com água fria — a parte oposta à do corte — e espalmei suas mãos, mas os minutos passavam, ou para mim pareciam passar, e M. não voltava a si. Procurei o telefone para chamar a emergência, mas quando tirei o fone do gancho não consegui escutar nada; sem dúvida o aparelho estava conectado a uma central e era preciso discar algum número para conseguir linha, mas, por mais que experimentasse, primeiro com o zero, depois com o nove, depois com cada uma das cifras, não consegui que o maldito telefone funcionasse. Desesperada, decidi descer em busca do porteiro. Como não sabia onde M. tinha deixado as chaves da casa (sem dúvida poderia tê-las localizado com facilidade, mas suponho que eu estava tão histérica que não raciocinava muito bem), deixei a porta do apartamento totalmente aberta para que não se fechasse. Desci todas as escadas e elevadores, chegando diante do balcão da recepção como uma enxurrada. O porteiro era um cara grandão de uns quarenta anos. Estava meio dormindo e ficou pasmo diante da minha aparição e da minha algazarra. Tive de repetir duas ou três vezes o que tinha acontecido para me fazer entender.

— Tudo bem, tudo bem, fique tranquila — grunhiu o homem afinal. — Em que andar é?

E foi aí que me dei conta do meu erro: não sabia nem o andar nem o número do apartamento. Não sabia nada.

— Não sei, não reparei, mas é onde M., o ator famoso, está hospedado, você deve conhecê-lo, com certeza você sabe quem é...

— Você disse M.? Não faço ideia. Não sei quem é. Eu não trabalho aqui, sou folguista, estou aqui porque é sábado, não conheço nem vi ninguém. Além disso, não quero confusão. Tudo isso é muito estranho.

Pensei que eu ia ter um ataque de ansiedade, que ia desmaiar que nem M. Ainda me lembro da angústia que senti naquela madrugada; do que não me lembro é de como consegui convencer o porteiro de que me acompanhasse para tentarmos encontrar o apartamento. Aquele homem era em si mesmo um bruto desconfiado e antipático, mas, além disso, o franquismo avivava o receio de caras como ele: sob a ditadura, qualquer coisa podia ser de fato suspeita, e as pessoas medrosas e acomodadas sempre evitavam "se meter em confusões".

Mas, como já disse, consegui sei lá como convencê-lo e ele me seguiu, embora bastante relutante, no meu périplo pela zona alta da Torre, em busca da porta que eu deixara aberta. Começamos pelo último e fomos descendo andar por andar; e, para meu desespero, não a encontramos. Tentei lembrar se as janelas do apartamento estavam abertas: achei que sim e pensei que uma corrente de ar poderia ter feito com que a porta se fechasse. Chegamos até o oitavo andar, onde já começavam os escritórios, e que era evidentemente diferente daquele no qual eu estivera, sem ter conseguido nada. Eu não podia acreditar: me sentia dentro de um pesadelo. Quem também não podia acreditar era o porteiro, que se mostrava cada vez mais irritado e desconfiado. No fim, começou a sugerir que eu estava mentindo, que talvez eu o tivesse obrigado a sair da portaria para que algum comparsa meu cometesse um delito. E assim que essa ideia lhe ocorreu, ficou muito nervoso, e me disse para ir embora e que ele ia chamar a polícia. Fui embora, porque ninguém queria ter problemas com a polícia franquista. Ainda bem que eu levava minha bolsa a tiracolo e isso me impedira de deixá-la no apartamento; nisso, pelo menos, eu tivera sorte.

Todo o resto foi uma catástrofe: eram seis da manhã e, em algum lugar daquela Torre adormecida, daquela colmeia labiríntica, M. podia estar morrendo. Para piorar, era domingo, de modo que eu não podia ligar para a produtora para que me ajudassem. Quanto a Pilar, eu sabia que tinha ido dormir no chalé que seu namorado alugara em algum lugar impreciso fora da cidade. Desesperada, fui para minha casa e comecei a ligar para todos os meus conhecidos do mundinho do cinema, de atores a jornalistas, para ver se algum deles tinha o número do namorado da Pilar ou de alguém da produtora. Por fim, às onze da manhã, depois de passar quase quatro horas no telefone, consegui falar com a costureira do filme, que me prometeu se encarregar de tudo. Roguei a ela que me mantivesse informada do que estava acontecendo e que me dissesse qual era o apartamento quando soubesse, para eu poder ligar (quando ficou de dia, eu tentara ligar para a Torre, mas a operadora também não conhecia o número de M.: pelo visto, ele fora registrado com outro nome para despistar os jornalistas). Passei o dia roendo as unhas ao lado do aparelho, mas ninguém ligou. Até as onze da noite, que foi mais ou menos quando Pilar telefonou. Sua voz soava estranha, preocupada.

— M. está furioso — disse, de cara.

— M.? Você falou com ele? Como ele está? — eu perguntei, ainda obcecada por sua saúde.

— Já te disse, furioso.

— Furioso? Então ele está bem? — repeti bobamente, sem entender nada.

— Não! Como você quer que ele esteja bem? Está fora de si.

Demorei para entender, mas afinal consegui reconstruir a história dentro da minha cabeça. Ao que parece, M. simplesmente sofrera uma lipotimia: por excesso de trabalho, ou porque o vinho tinha caído mal, ou por qualquer razão menor e sem consequências. Ao desmaiar, de fato, tinha cortado a sobrancelha, mas isso também não era nada grave, além da chatice que o hematoma e o inchaço implicariam para a filmagem, que talvez tivesse de ser suspensa por alguns dias. Ele deve ter voltado a si assim que saí em busca do porteiro; confuso e perplexo, assustado pelo espetáculo do seu próprio sangue, começou a pensar que algo ruim acontecera. Não conseguia entender meu desaparecimento e, quando viu a porta do apartamento totalmente aberta, fechou-a e correu para olhar sua carteira, temendo ter sido roubado. Ao que parece, era um cara bastante paranoico, coisa que até então eu não sabia; mas, por outro lado, também é preciso reconhecer que, do seu ponto de vista, a situação era muito estranha. Humilhado e inquieto, lavou o corte, deitou e dormiu, até que ao meio-dia foi acordado pela assistente de produção, muito preocupada, perguntando pela sua saúde, porque tinha sido alertada pelo profissional encarregado do making of, que, por sua vez, fora avisado pela costureira. Com tantos intermediários, ignoro o que a assistente de produção teria explicado a ele sobre minha versão do incidente, mas, seja como for, isso não foi o que o deixou furioso. O que verdadeiramente o enfureceu aconteceu horas depois, por volta das nove da noite, quando a assistente de produção telefonou de novo a M. e lhe disse que as rádios e a televisão tinham acabado de dizer que ele, M., estava agonizando.

Eu não tinha ficado sabendo de nada até o telefonema da Pilar, mas na mesma hora deduzi o que havia acontecido. Naquela manhã, quando comecei a telefonar desesperadamente para todos os meus conhecidos do entorno cinematográfico, falei também com vários jornalistas. Como eles estavam sendo acordados em uma hora inusitada, eu me senti na obrigação de contar por alto a razão pela qual estava ligando. E algum deles (podia suspeitar concretamente de dois) decidira pôr a notícia em circulação. Mas, claro, M. não sabia de nada disso. Ele achou que era eu quem tinha comercializado a história; isto é, sua primeira intuição fora acertada e eu o roubara de algum modo. Com o agravante de tê-lo abandonado desmaiado e ferido. Um verdadeiro abutre da imprensa, desses que ele odiava. Horrorizada, apressei-me a relatar o imbróglio todo a Pilar (em quem detectei certa suspeita inicial em relação a mim: de modo que a paranoia de M. parecia bastante convincente, afinal de contas), que, por sua vez, tentou falar com M. para me desculpar. Mas ele não quis nem ouvir.

— Já vai passar e então a gente conta para ele. Agora ele também está zangado comigo porque eu disse que você era confiável — me contou Pilar com seu humor habitual em um novo telefonema, depois de me explicar o fracasso da sua gestão.

Mas não passou, porque a coisa ficou cada dia pior. Na segunda, o jornal vespertino *Pueblo* publicou uma reportagem de duas páginas e uma manchete na primeira página contando que, depois de um tempestuoso divórcio com a diva de Hollywood, o famoso ator M. tinha tentado se suicidar em um hotel madrilenho e estava em estado muito grave. Era pleno verão, a mídia atravessava uma tediosa seca de notícias e se lançou sobre o embuste com fruição. Os leitores com idade suficiente talvez se lembrem daquele mísero escândalo estival, daquela breve vertigem de sórdidas fofocas, e possam identificar quem era, quem é, M. A história se reproduziu na imprensa internacional e, inclusive, alguns repórteres estrangeiros vieram a Madri. A produtora fez um comunicado oficial em que explicava que o ator sofrera uma lipotimia e tinha machucado levemente uma sobrancelha, mas como M. não apareceu na filmagem durante uma semana (o tempo que demorou para ficar curado) e como, além disso, se negou rotundamente a receber qualquer jornalista, durante sua ausência os paparazzi ficaram inventando um monte de lorotas. Disseram que ele estava morto; que ele estava perfeitamente bem, mas que abandonara a filmagem para voar a Los Angeles e dar uma surra na ex-mulher; que não queria lhe dar uma surra, mas, pelo contrário, implorar de joelhos que voltasse para ele; que era um viciado e tiveram de interná-lo em uma clínica; que tinha ficado deprimido e tiveram de interná-lo em uma clínica; que era alcoólatra e tinha quebrado a cara no meio de uma bebedeira; que a produtora espanhola ia processá-lo por danos e prejuízos porque não estavam conseguindo finalizar o filme... Nem preciso dizer que isso não ajudou nossas inexistentes relações a melhorarem. Depois de sete dias, M. voltou para a filmagem e o escândalo se desvaneceu na mesma velocidade em que se erguera. Mas ele jamais me perdoou. Não quis saber mais nada de mim.

Eu estava no inferno.

Se há algo realmente insuportável para uma pessoa que tende à dissociação é que outra pessoa finja ser ela ou que a acusem de ter feito algo que ela não fez. Ambas aconteceram comigo e as duas produzem uma inquietação imensa. Mas, além disso, com M. a angústia tinha se multiplicado até o paroxismo porque, de repente, como sempre acontece nessas desgraças, eu havia me descoberto fatalmente apaixonada por ele. Ainda que talvez fosse o contrário, a paixonite tivesse se multiplicado até o paroxismo pelo estímulo da angústia: como se sabe, a paixão engorda com a impossibilidade e com o equívoco. Pior ainda, a paixão é puro equívoco. Já dizia Platão: "Amar é dar o que não se tem a quem não é". Ou seja, uma deplorável desordem de identidades confusas, um erro perpétuo de apreciação. E, então, M. se enganava ao acreditar que eu tinha me comportado como uma sem-vergonha e eu me enganava ao pensar que M. era o homem dos meus sonhos. Um ser maravilhoso que eu perdera para sempre por azar, por nervosismo e pela minha falta de jeito.

Tentei de todos os jeitos lhe explicar minha versão ou que alguém lhe explicasse, mas nem minhas cartas (traduzidas para o inglês por um profissional) nem meus intermediários conseguiram chegar até ele. Durante várias semanas queimei de desespero pelo mal-entendido. Não conseguia suportar a ideia de que Ele, precisamente Ele, O Homem da Minha Vida, pensasse de mim, por um simples erro, as coisas mais horrendas. Não suportava a mim mesma. Queria morrer. De fato, fiquei doente: passei não sei quantos dias vomitando. Depois, quando a filmagem acabou e M. foi embora da Espanha, tive de me resignar à inevitabilidade da catástrofe; a partir de então, o desespero pelo equívoco abriu passagem para uma pura dor desesperada. A dor do desamor se chocou contra mim como a onda gigante de um maremoto. Eu era perseguida pela lembrança dele. Seus olhos, tão verdes, tão penetrantes, me assolavam; e eu rememorava uma e outra vez todos os (poucos) beijos que trocáramos, cada uma das carícias e dos toques. Todo esse esplendor, esse corpo duro e cálido, essa pele perturbadora, esse cheiro inebriante de homem, todo esse banquete da carne estivera ao meu alcance, na ponta do meu coração e dos meus dedos; meu desejo rugia, a frustração me afogava. Como eu ainda era muito jovem, estava convencida de que nunca mais encontraria nenhum homem que eu amasse tanto. Os demais homens da Terra desapareceram para os meus olhos: um bilhão de seres que se apagaram de repente. Era um sofrimento tão obsessivo que, pelas manhãs, quando eu acordava, o primeiro pensamento que me assaltava era a imagem de M. e a desolada certeza de tê-lo perdido. Doía tanto que tive de me esforçar para não pensar nele. Não via seus filmes nem falava de M. com ninguém. Lidava com minha dor como se estivesse atravessando um campo minado: quando pensava em outra coisa, a vida seguia com normalidade, quase feliz. Mas, de vez em quando, algo me lembrava de M., isto é, pisava sem querer em uma das minas: e a explosão me deixava com as tripas de fora durante certo tempo.

Mas a vida é tão tenaz que, passados alguns meses, inclusive essa dor inesgotável se esgotou. Os três bilhões de homens terrícolas se materializaram de novo sobre o planeta e me apaixonei e me desapaixonei por alguns deles diversas vezes. Durante vários anos, a lembrança de M. continuou produzindo em mim uma espécie de desagradável beliscão na memória. Depois chegou uma hora em que não pensei mais nele; e se, por acaso, seu nome ou sua imagem apareciam na minha frente (em um filme antigo, em uma notícia), a estrambótica história daquele encontro me parecia uma farsa teatral, algo que alguém me contara, não que tinha acontecido de verdade comigo.

Faz quatro ou cinco anos, tive de viajar para uma cidade europeia para lançar um dos meus romances, cuja tradução acabara de ser publicada naquele país. Participariam do evento meu editor e um conhecido crítico literário; depois eu falaria e, para fechar, uma atriz leria alguns fragmentos da tradução. Para minha surpresa, quando cheguei ao lugar onde aconteceria o evento, encontrei M.; de fato, quase esbarrei com ele na porta. Ele não me reconheceu e eu, por pouco, também não. Duas longas décadas tinham se passado desde os acontecimentos de Madri, e foram uns tempos bastante duros para M. Sua carreira tinha ido ladeira abaixo de maneira incontrolável, de um filme ruim a outro pior, até ele desaparecer completamente das telas. Pelo visto, tivera graves problemas de depressão, drogas e álcool: quer dizer, tinha se transformado em tudo que os jornalistas disseram naquele verão venenoso. Todas essas ruínas interiores, além da dureza do tempo, tinham destruído seu físico incrível. Estava meio careca, com a pele cinzenta pendendo molemente das maçãs do rosto e uma triste pelanca formando uma papada. Parecia fraco; tinha perdido aqueles músculos macios que antes o faziam parecer tão atlético, e uma pequena barriga, redonda e constrangedora, despontava por cima do cinto, um cinto, aliás, todo descascado, pois suas roupas estavam velhas e descuidadas. Sua jaqueta horrível com estampa *pied de poule*, totalmente fora de moda, exibia alguma mancha arcaica e uma lapela ressecada. Ele parecia um ancião e, no entanto, era só nove anos mais velho do que eu. O que quer dizer que ele tinha, então, apenas cinquenta e quatro ou cinquenta e cinco anos. Ele me foi apresentado rapidamente e, com expressão ausente, M. atravessou meu rosto com uns olhos que pareciam incapazes de fixar o olhar, fora de foco, avermelhados, lacrimejantes, o túmulo daqueles extraordinários olhos verdes perdidos para sempre no passado.

— É que a atriz ficou doente, então recorremos a M... — explicou meu editor em um apressado aparte. — Você se lembra dele? Agora não está em um bom momento, mas foi um ator muito famoso. E você vai ver que voz linda ele tem.

E, de fato, tinha. Eu não me lembrava, mas ele tinha. Uma voz cálida como o bronze, uma voz maravilhosa com a qual leu maravilhosamente meu romance, recuperando por uns instantes a dignidade e a força, quase uma mágica.

Mas logo o evento acabou e M. caiu sobre mim como uma praga. Antes, quando nos apresentaram, não percebera que eu era a escritora, e agora estava disposto a emendar sua mancada me dando toda a bola do mundo. Não que ele tivesse gostado do meu livro (na verdade, como descobri depois, ele tinha lido apenas os fragmentos que haviam sido destacados para que fizesse a leitura) e, é claro, também não me reconhecera; mas obviamente considerava que eu era uma figura de suficiente poder e influência para que ele investisse boa parte das suas energias em me adular. Da mesma maneira que adulava abjetamente meu editor e o crítico e os jornalistas. Oh, sim, esse homem que em outros tempos odiava a imprensa e fugia dela, agora se enfeitava como um velho pavão com as penas quebradas para tentar chamar a atenção dos repórteres. Sem dúvida devia estar muito necessitado: de atenção, mas também de trabalho. E de dinheiro.

Tudo aquilo me parecia muito triste e, em princípio, poderia ter me comovido facilmente. Mas o pior é que não comovia. Nem mesmo isso M. conseguia: porque era um verdadeiro chato. E tão idiota! No tempo que transcorrera desde nosso encontro em Madri, eu aprendera a falar bem inglês; e isso acabou sendo fatal para meu julgamento sobre ele. Comecei a pensar que parte da minha louca paixonite daquela época devia ter se originado no fato de não ter entendido nenhuma palavra do que ele dizia. Agora que o entendia perfeitamente, ele me parecia atroz. Claro que o álcool, a depressão e as drogas acabam aplanando o cérebro; talvez em 1974 M. não fosse tão estúpido como me pareceu naquela noite.

Que foi, aliás, uma noite longa e chata. Depois do evento, todos fomos jantar. M. bebeu bastante e seus olhos ficaram ainda mais lacrimejantes, suas bochechas mais trêmulas, seus raciocínios mais confusos. Ele impediu qualquer conversa organizada, sua voz de bronze ficou estridente e desagradável, ele repetiu as mesmas anedotas idiotas sete vezes e acabou perseguindo de maneira ignóbil Mia, a assessora de imprensa da editora, uma moça ruiva e atraente que passou umas horas amargas tentando escapulir das suas ávidas mãos. Em resumo, M. estragou o jantar. No fim, meu editor literalmente o raptou e o levou embora em um táxi; os demais participantes se despediram com uma pressa aliviada. Eu me dirigi a pé para o hotel, em companhia de Mia, pelas ruas escuras e silenciosas. Chovera enquanto estávamos no restaurante e a noite estava fresca e limpa, um pouco melancólica, agradável. A coitada da Mia estava furiosa:

— Esse M. é o homem mais nojento, repugnante e desagradável que eu já vi na vida... Nunca mais organizo nada com ele. Que tipinho! Não entendo como Z., tão linda e maravilhosa, pode ter se casado com ele. O que será que ela viu nele? Como pode ter se apaixonado por alguém assim? Acho um horror.

Fiquei em silêncio. Olhei para Mia, tão zangada, com razão, e tão segura do seu critério, como todos os jovens, sem razão. Tentei calcular a idade dela: talvez tivesse vinte e três anos, como eu tive algum dia, como eu tinha naquela época. E pensei: se você soubesse a quantidade de vidas diferentes que pode haver em uma só vida... Mas não disse isso a ela. Para quê?

Onze

Flávio Josefo era um general judeu do século I a.C. que estava guerreando contra os romanos. As coisas deram errado e Josefo e seu exército foram sitiados em um vilarejo. Incapazes de resistir ao cerco por mais tempo, o general pensou em se render e mandou um emissário ao inimigo. Está bem, disseram a ele: se você se render, pouparemos sua vida, mas não a de seus soldados nem dos habitantes do lugar. Josefo consultou outros membros do conselho judeu, com quem estava entrincheirado em um porão; falou com eles sobre a oferta romana e disse-lhes que, se se entregassem, provavelmente poderia conseguir também salvar a pele dos conselheiros. Nem pensar, responderam com grandeza os notáveis: todos eles, inclusive Josefo, tinham de seguir o destino do seu povo e morrer com os seus. Para isso, decidiram se matar entre si, depois de tirar na sorte quem acabaria com quem e a ordem das execuções; e o último homem vivo teria de se suicidar. Assim foi feito e o porão se encheu de sangue. Mas Josefo roubara no sorteio, conseguindo ser o último. Quando só restavam de pé Josefo e o homem que ele deveria assassinar, o general falou com o homem e conseguiu convencê-lo a se entregarem. Os romanos entraram no vilarejo e acabaram com todos, mas perdoaram a vida do general. Josefo foi morar em Roma e ali escreveu a história da guerra judia. Graças a ele conhecemos a versão daquela batalha do ponto de vista dos hebreus, assim como o sórdido relato do que aconteceu naquele sótão. Porque Josefo contou sua própria miséria. Talvez o tenha feito para purgar sua culpa. Para dar uma justificativa a si mesmo do seu comportamento.

Que personagem curioso, esse Josefo; e que inquietante conflito ele propõe. É melhor morrer com dignidade, mas não dar testemunho do que aconteceu, ou é preferível viver a qualquer preço e, em troca disso, contar, recordar, denunciar? Há algo de verdadeiramente repugnante na traição de Josefo, na sua sobrevivência comprada à força com um custo exorbitante de vidas e de dor. E não estou falando só de seus companheiros de porão, mas de todo esse povo que ele está entregando ao verdugo quando se rende. De fato, os judeus o consideram um personagem abjeto, o exemplo do traidor por excelência. Mas, por outro lado, a guerra estava perdida, o lugar não podia ser defendido e cairia de todos os modos em mãos romanas, produzindo-se a matança de qualquer maneira... Quão tentador e quão eloquente é o instinto de sobrevivência: com certeza ele sussurrou todas essas considerações ao general Josefo naquele obscuro subterrâneo. Pessoalmente, acho que ele é um miserável; mas, ao mesmo tempo, é tão humano! Seu desejo de viver; seu desejo de contar. Talvez tenha contado só para se redimir. Com certeza não conseguia mais suportar suas lembranças e foi por isso que escreveu a história. Não acho que se escolha viver para poder contar: na realidade, nos aferramos cegamente à vida por sermos um animalzinho aterrorizado pela morte. E a decisão de narrar vem depois. De maneira que, se eu tivesse de julgar Josefo (que mania de julgar os humanos têm e como ficamos desassossegados e desconcertados por aqueles casos moralmente ambíguos nos quais não é possível distinguir com precisão a luz da sombra!), diria que seu desejo posterior de dar testemunho foi bom e sua traição primeira foi ruim. Porque não acredito apenas na eloquência das palavras, mas também em certos atos; e tenho a sensação de que os comportamentos decentes, embora sejam anônimos e passem quase despercebidos, constroem as paredes do nosso mundo. Sem esses atos belos, atos justos, atos bons, a existência seria insuportável.

Vou contar outra história de sobrevivência e de palavras, embora muito diferente. Para isso, precisamos nos transportar para os confins gelados da Grande Peste de 1348, uma das maiores pandemias da história. O mal começou na Ásia, de onde não se tem dados confiáveis, embora sem dúvida tenha causado uma carnificina horrível. Daí passou para a Europa e calcula-se que, em menos de um ano, entre um e dois terços da população morreu. Na Espanha de hoje, por exemplo, isso suporia entre treze milhões e vinte e seis milhões de vítimas em menos de doze meses. Paris perdeu a metade dos seus cidadãos. Veneza, dois terços. Florença, quatro quintos... Os vivos não bastavam para enterrar os mortos. Os pais abandonavam os filhos agonizantes por medo do contágio, os filhos abandonavam os pais, a miséria moral se espalhou. Era um mundo cheio de cadáveres em decomposição, de moribundos soltando alaridos, porque morriam de peste bubônica, uma doença atroz, deformadora, muito dolorosa, que te fazia apodrecer em vida, suando sangue.

Muitos vilarejos desapareceram para sempre, os campos cultivados foram engolidos pelo mato, os rebanhos morreram de abandono, as estradas se encheram de assassinos e bandoleiros, houve fome e caos. E, sobretudo, houve uma tristeza indizível, o luto descomunal pelo que foi perdido. Agniola di Tura, um cronista de Siena, cidade em que mais da metade da população sucumbiu, escreveu: "Enterrei com minhas próprias mãos cinco filhos em um túmulo só... Não houve sinos. Nem lágrimas. Isso é o fim do mundo". Naquele tempo crepuscular e assustador, viveu também John Clyn, um frade menor que residia em Kilkenny, na Irlanda. Clyn viu morrer, um depois do outro, com sofrimentos cruéis, todos os seus irmãos de congregação. Então, na sua solidão de sobrevivente momentâneo, escreveu em detalhes tudo o que aconteceu, "para que as coisas memoráveis não se desvaneçam na lembrança dos que virão depois de nós". E no final do seu trabalho deixou um espaço em branco e acrescentou: "Deixo pergaminho a fim de que esta obra seja continuada, se porventura alguém sobreviver e algum da estirpe de Adão burlar a pestilência e prosseguir a tarefa que iniciei". Clyn também caiu abatido pela doença, como uma mão anônima se encarregou de anotar nas margens do manuscrito; mas a estirpe de Adão sobreviveu e hoje conhecemos o que foi a Grande Peste, entre outras coisas, graças ao minucioso trabalho de John Clyn. Isto é a escrita: o esforço de transcender a individualidade e a miséria humana, a ânsia de nos unirmos com os outros em um todo, o afã de nos sobrepormos à escuridão, à dor, ao caos e à morte. Nas trevas mais profundas, Clyn manteve uma pequena faísca de esperança e por isso se pôs a escrever. Não foi possível fazer nada para deter a peste; no entanto, da sua humilde maneira, esse frade irlandês conseguiu vencê-la com palavras.

Mas o exemplo mais comovente e emocionante que eu conheço dessa luta das palavras contra o horror é a história de Victor Klemperer, o célebre linguista alemão, nascido em 1881. Ele era especializado em línguas românicas e tinha uma cátedra na Universidade de Dresden quando Hitler chegou ao poder. Klemperer, que era judeu, foi expulso da universidade em 1933 e, a partir de então, começou a viver uma terrível agonia sob o terror nazista. O professor Klemperer era casado com uma mulher ariana, Eva, que teve a coragem imensa de não repudiá-lo, como fizeram, abatidos pelos maus-tratos e pelas ameaças, quase todos os cônjuges arianos casados com judeus. A *germanidade* da mulher fez com que os Klemperer não fossem levados nos primeiros tempos aos campos de extermínio. Eles foram transferidos a "casas de judeus", careciam de cartões de racionamento, foram obrigados a trabalhar em horários aniquiladores nas fábricas essenciais para o regime, cuspiam neles, eram golpeados e humilhados, morriam de fome, mas, apesar de tudo, sobreviviam, enquanto observavam como, ao seu redor, todos os judeus iam desaparecendo. Em seguida, no fim do regime, no último ano da Segunda Guerra, as coisas já estavam tão mal para os nazistas que eles começaram a mandar para as câmaras de gás todos os judeus que restavam, tivessem ou não família ariana; mas nesse momento fatal os aliados bombardearam Dresden e destruíram completamente a cidade. Os Klemperer, que escaparam vivos por milagre entre os escombros da urbe arruinada, arrancaram a estrela de davi das suas roupas e fingiram ser refugiados de Dresden que tinham perdido tudo, inclusive os documentos, com o bombardeio. Fugiram para o campo, como outros sobreviventes, e vagaram de forma épica e clandestina pelo país durante meses, sem dinheiro, sem posse alguma, já bastante velhos (em 1945, Klemperer tinha sessenta e quatro anos), depauperados e debilitados depois de tantos anos de inferno, até que finalmente a Alemanha se rendeu e a guerra acabou.

Dois anos mais tarde, Klemperer publicou um livro maravilhoso intitulado *LTI: A linguagem do Terceiro Reich*, que, por um lado, é uma reflexão linguística sobre como o totalitarismo de Hitler deformou a linguagem e, por outro, é uma espécie de diário autobiográfico dos anos passados sob o nazismo. E é uma obra que deslumbra, atinge a cabeça e o coração, como se Klemperer tivesse sido capaz de roçar essa zona de luz cegadora da sabedoria total, da beleza absoluta, do entendimento. Porque, sem o entendimento de nós mesmos e dos outros, sem essa empatia que nos une aos outros, não pode haver sabedoria alguma, beleza alguma.

Para mim, a fome de conhecimentos tem muito a ver com o amor pela vida e pelos seres humanos; e Klemperer queria saber, queria tentar explicar para si mesmo o inexplicável. Embora seu livro tenha sido publicado em uma data precoce como 1947, o texto deslumbra pela ausência de violência vingativa, pela sua compaixão e sua generosidade, pelo seu doloroso amor pelo humano, apesar de tudo. E nesse tudo estão incluídos sofrimentos indizíveis que Klemperer vai deixando cair sem estrondo, sem vitimismos, em um relato sóbrio, depurado, sobre a escalada de repressão contra os judeus. Foram demitidos dos seus trabalhos; impedidos de dirigir, de adquirir roupa nova, de escutar rádio e de comprar ou pedir emprestado qualquer tipo de livro ou de jornal... Inclusive, chegou-se a proibir que os judeus tivessem animais domésticos, com o argumento de que os contaminavam de impurezas; de modo que, de um dia para o outro, confiscaram todos os seus cachorros, gatos, peixes e passarinhos, e os mataram. Essas coisas aconteceram antes mesmo de a Segunda Guerra começar.

Não sei bem por que essas medidas me espantam de tal modo, quando sei de sobra que os nazistas acabaram com seis milhões de judeus e transformaram as crianças em barras de sabonete. Mas é nesses detalhes em que se pode entrever a perversão mais extrema do regime, o coração mais obscuro da maldade. Pois não é particularmente brutal a proibição de adquirir livros e jornais? Não afeta nossa capacidade de pensamento, nossos sonhos, a liberdade interior, esse último baluarte da dignidade e da humanidade? E a matança dos animais de estimação, uma ninharia dentro da matança geral, não é uma tortura de um refinamento enlouquecedor pelo que tem de absolutamente gratuito? Inclusive Klemperer, sempre tão contido em sua expressão, fala da especial crueldade dessa medida (ele perdeu seu gato). Os verdugos sabiam o que faziam; não queriam só exterminar fisicamente os judeus, mas também pretendiam lhes roubar a alma. Daí as humilhações constantes, as cuspidas, os golpes que Klemperer e sua mulher tiveram de suportar durante anos. Para assassinar em massa, primeiro é preciso despojar em massa as vítimas da sua condição humana, como quem descasca uma laranja.

Por isso me aterrorizam especialmente essas orgias delirantes de desumanização às quais os regimes totalitários se entregam. No esplêndido livro autobiográfico *Cisnes selvagens*, de Jung Cheng, que reflete a vida de três gerações de mulheres chinesas da época imperial até Mao, Cheng fala de execuções, espancamentos e torturas; mas o que mais me impressionou foi uma passagem na qual conta que, quando sua mãe foi detida como suspeita antirrevolucionária, nos duros interrogatórios, que duraram meses, não pôde ficar sozinha nem por um segundo. Suas carcereiras chegavam a dormir na mesma cama que ela, de modo que a vítima não podia se permitir sequer chorar de madrugada, porque essa debilidade teria sido considerada burguesa e uma prova inequívoca da sua culpa. Imagino que, para não chorar, a mãe de Cheng teria de tentar não pensar. Intumescer por dentro. Isto é o que os maoistas perseguiam: asfixiar até essa pequena liberdade, a minúscula pulsação de um pensamento próprio sepultado no interior da cabeça.

Já contei como Klemperer se virou para sobreviver fisicamente ao nazismo, mas como conseguiu resistir dentro de si, como pôde evitar que sua cabeça e seu coração se despedaçassem? Pois bem, da maneira mais radicalmente humana: pensando, escrevendo mentalmente, disparando palavras na escuridão, como séculos antes fizera o frade John Clyn. Durante todos esses anos miseráveis, Klemperer, privado dos seus livros e de seus papéis, foi elaborando dentro da cabeça essa obra formidável que depois publicou em 1947: um trabalho sobre a língua dos verdugos, quer dizer, sobre o pensamento dos verdugos; e sobre como uma tal aberração chega a tocar a alma humana.

"As palavras pesam e dizem mais do que dizem", escreve Klemperer no seu livro. "A linguagem do vencedor é falada impunemente." Por isso, ele se dedicou a desmontá-la, como quem desarma um artefato explosivo, para não ser devorado pela linguagem totalitária, para que não se intumescessem sua pequena liberdade, sua pequena dignidade, entrincheiradas no fundo do seu cérebro. E termina denunciando "a hipocrisia afetiva do nazismo, o pecado mortal da mentira consciente empenhada em transladar para o âmbito dos sentimentos as coisas subordinadas à razão, o pecado mortal de arrastar essas coisas para a lama da obnubilação sentimental". É uma lúcida advertência de perigo: as palavras, quando mentem lambuzadas de sentimentalismo, podem ser tão letais como as balas de um assassino. Lendo *LTI: A linguagem do Terceiro Reich*, pensei inúmeras vezes no *abertzale* basco; isto é, reconheci a linguagem do ETA e do Batasuna. Todos os totalitarismos se parecem.

Como também nós, humanos, nos parecemos na nossa fragilidade e insignificância. Klemperer conta no seu livro uma historinha maravilhosa a esse respeito:

> Lembro a travessia que realizamos há vinte e cinco anos de Bornholm a Copenhague. Durante a noite, a tempestade e as tonturas tinham nos transtornado; na manhã seguinte, protegidos pela costa e com o mar calmo, desfrutávamos do sol na coberta e ansiávamos pelo café da manhã. Nisso, uma menina que estava sentada em uma extremidade do longo banco se levantou, correu até o parapeito e vomitou. Um segundo mais tarde, sua mãe, sentada ao seu lado, se levantou e vomitou também. Em seguida, foi a vez de um homem sentado ao lado da mãe. Depois um rapaz e assim, sucessivamente... O movimento avançava com regularidade e rapidez, seguindo a linha do banco. Ninguém ficou de fora. Faltava muito para chegar à nossa ponta: ali,

as pessoas observavam com interesse, riam, faziam cara de zombaria. Os vômitos foram se aproximando, as risadas diminuindo e as pessoas começaram a correr até o parapeito também na nossa ponta. Eu observava com atenção e observava a mim com igual atenção. Eu dizia a mim mesmo que existia algo assim como uma observação objetiva, como uma vontade férrea, e ansiava pelo café da manhã... Nisso, chegou minha vez e me vi obrigado a me aproximar do parapeito, como todo mundo.

Isso é importante. Talvez o mais comovente de Klemperer seja precisamente isto, a grandeza emocional e intelectual que ele conseguiu desenvolver no meio do inferno, quando na realidade o linguista podia ser tão pouco grandioso e tão cheio de misérias como todos nós somos. Em uma conferência do estupendo hispanista alemão Hans Neuschäfer, fiquei sabendo que Klemperer viera à Espanha com sua mulher em 1926, com uma bolsa de três meses que não chegou a completar, porque nosso país lhe pareceu tão horroroso (principalmente o azeite de oliva) que foi embora depois de sessenta dias, de barco e para Gênova. E quando chegou à Itália, que nessa época já estava sob o regime fascista, escreveu:

Em nenhum lugar da Espanha encontrei uma civilização tão clara e tão grande. Aqui na Itália o Renascimento continua vivo, livre de qualquer mistura africana. Que reina aqui o fascismo? Que importa isso? A Itália é um país de cultura, é o berço da cultura europeia e essa cultura vive; já a Espanha pouco tem a ver com a Europa. E, além disso, aqui não fede a azeite.

Provavelmente em 1926 a Espanha tinha pouco a ver com a Europa, com efeito, mas o parágrafo está cheio dessa irracionalidade emocional que ele denunciará mais tarde, o que é alentador, porque demonstra que, mesmo sendo desajeitados e arbitrários como somos, podemos nos elevar até sermos quase deuses.

A realidade é sempre assim: paradoxal, incompleta, desajeitada. Por isso meu gênero literário preferido é o romance, aquele que se dobra melhor à matéria alquebrada da vida. A poesia aspira à perfeição; o ensaio, à exatidão; o drama, à ordem estrutural. O romance é o único território literário no qual reina a mesma imprecisão e desmesura que há na existência humana. É um gênero sujo, híbrido, alvoroçado. Escrever romances é um ofício que carece de glamour; somos os operários da literatura, tendo de pôr tijolo após tijolo, sujar nossas mãos e cansar as costas, no esforço de erguer uma humilde parede de palavras que, no pior dos casos, desaba. Redigir um romance dá um trabalho gigantesco, em geral tedioso, frequentemente desesperador; por exemplo, você pode gastar uma tarde inteira lutando para fazer alguém entrar ou sair de um cômodo, quer dizer, para algo verdadeiramente bobo, circunstancial, como diria Aira, em aparência desnecessário. Acontece que os romances estão cheios de material inerte e, mesmo que você escreva sob a férrea aspiração de não pôr uma palavra a mais e de fazer uma obra substancial e precisa, um verdadeiro romance sempre terá algo que sobra, algo irregular e desalinhado (os crustáceos grudados na baleia), porque é uma imitação da vida e a vida nunca é exata. De modo que mesmo os melhores romances da história, os grandes romanções maravilhosos, têm páginas ruins, enfraquecimentos de tensões, carências óbvias. Eu gosto disso. Me reconheço nisso; quer dizer, reconheço o sopro titubeante das coisas.

Falando de paradoxos: Klemperer inclui no seu livro uma cena maravilhosa que reflete a natureza profundamente equívoca da realidade. Nos últimos meses da guerra, quando estão fugidos e vagam aterrorizados pelo campo, Klemperer e sua mulher se escondem em um bosque próximo da cidade de Plauen, que está sendo bombardeada periodicamente pelos aliados. É o mês de março e, embora ainda haja neve, a primavera começa a despontar no ambiente. Mas, para Klemperer, o bosque tem um inequívoco aspecto natalino, porque os galhos dos pinheiros estão cheios de cintilantes fitas de papel prateado jogadas pelos aviões aliados para confundir os radares alemães. E, assim, escondidos nesse bosque brilhando com enfeites, tão lindo e festivo, os Klemperer, alemães mas também judeus e vítimas de Hitler, escutam como os aviões dos inimigos do seu país passam por cima da cabeça deles para semear a morte da pobre Plauen.

Doze

Lembro-me da primeira vez que compreendi que a morte existia. Eu devia ter uns cinco anos e estava lendo *O gigante egoísta*, o lindo conto infantil de Oscar Wilde. Acabei a história, olhei a orelha e fiquei sabendo que a pessoa que escrevera aquilo tinha morrido muitos anos atrás. É claro que eu não conseguia entender a medida daqueles anos, mas eu sabia que significava tempo demais: de fato, ele morrera *antes de eu nascer*. E morrer, entendi de repente, era não estar mais em lugar nenhum. Nem escondido, nem dormindo, nem em outro quarto, nem em outra casa. Ele simplesmente não estava e nunca mais estaria de novo. Era uma coisa impossível, impensável, mas que acontecia. No entanto, esse homem que não estava mais continuava me contando seu lindo conto. Eu podia continuar lendo-ouvindo suas palavras. Imagino que essa foi outra das razões pelas quais me tornei escritora.

Já sabemos que se escreve contra a morte, mas a verdade é que sempre me surpreendeu e me divertiu a ânsia de posteridade que muitos escritores têm. Para sermos exatos, é um defeito eminentemente masculino: em muito poucas mulheres romancistas encontrei vestígios desse afã. Talvez seja porque as mulheres acalmam essa fome elementar de sobrevivência com sua capacidade reprodutora; quem sabe a exigência genética de não perecer fique suficientemente saciada com o ordálio milagroso da gravidez e do parto. Mas, então, onde se enquadram as mulheres que, como eu, não tiveram filhos e fabricaram para si mesmas uma biografia aparentemente pouco feminina? Minha irmã Martina, a fazedora, diz que eu não sou uma mulher, sou uma mutante; mas também não percebo entre nós, as escritoras mutantes, esse mesmo frenesi para deixar rastros que é possível perceber em tantos homens.

E é uma ambição que não afeta só os idiotas. Ou seja, não só unicamente os escritores mais vaidosos, mais egocêntricos e mais insuportáveis imaginam seu nome nas enciclopédias para conforto e proveito das gerações vindouras. Tenho amigos literatos estupendos, gente talvez um pouco narcisista, mas encantadora, que fica arrebatada pela posteridade. Logo fazem doações das suas cartas para alguma biblioteca, arrumam seus papéis com datas e esclarecimentos à margem, prevendo futuros biógrafos, rasgam as fotos nas quais não gostam da sua aparência, realizam anotações em diários privados que, na verdade, só são feitas para serem lidas algum dia publicamente… Fico fascinada com essa ansiedade de perdurar, porque me parece estapafúrdia. O tempo tritura tudo, deforma e apaga tudo, e há autores e autoras importantíssimos que se perderam para sempre na memória do mundo. Por exemplo, a maravilhosa George Eliot, para mim uma-um dos maiores romancistas da história, é praticamente uma desconhecida no mundo hispânico, e no anglo-saxão, em que é um clássico escolar, ninguém a lê. E Eliot ainda tem sorte, porque no fim das contas entrou no panteão literário da língua mais poderosa do planeta. Pior e muito mais comum é o caso de milhares de escritores e escritoras cujos nomes ignoramos, porque o rastro da sua vida e das suas obras se apagou por completo da face da Terra. Esse é o destino reservado praticamente para todos nós. Aspirar a outra coisa é bastante ridículo.

Mesmo assim, há uma inquietação difícil de superar, que é a curiosidade ou a preocupação com a imagem que ficará da gente na primeira ressaca depois da morte, quer dizer, nesses meses ou inclusive anos nos quais ainda se lembrarão de você depois de falecido. O que dirão? Como fecharão a narração da sua vida? Posto que nossa existência é uma história que vamos contando a nós mesmos à medida que crescemos, adaptando-a e mudando-a segundo as circunstâncias, é chato pensar que a versão final dessa narrativa será redigida pelos outros.

Gay Talese, no seu clássico e substancioso livro *Fama e anonimato*, conta o caso de Lowell Limpus, um repórter do *Daily News* de Nova York, encarregado de escrever os artigos necrológicos para o jornal e que redigiu seu próprio necrológio. Limpus morreu em 1957 e, no dia seguinte, o *Daily* publicou um texto com sua assinatura que começava dizendo: "Esta é a última das oito mil e setecentas histórias escritas por mim que aparecerá no *News*. Tem de ser a última, uma vez que eu morri ontem... Escrevi meu próprio necrológio porque conheço melhor do que ninguém o sujeito em questão e prefiro que a história seja mais sincera do que floreada". É claro que um artigo assim é um fim de festa bem-sucedido, mas tenho minhas dúvidas sobre a precisão do que ele diz. Porque, por um lado, é verdade isso de que conhecemos a nós mesmos melhor do que ninguém? Não estamos todos submetidos, em maior ou menor grau, a certa idealização, certo aprimoramento da nossa pessoa? Eu pelo menos topei com um bom punhado de pessoas tão convencidas que não pareciam ter a mais mínima ideia de como eram. E quanto a preferir que seja mais sincera do que floreada, isso é crível? Uma autobiografia pode ser sincera? Não estão todas impregnadas, inclusive as mais autocríticas e as mais honestas, de uma boa dose de imaginação?

Seja como for, todos nós gostaríamos de ditar do além nosso retrato póstumo. Claro que a gente pode fazer como Limpus e preparar o próprio necrológio antecipadamente, mas não é a mesma coisa, porque então o artigo pode se transformar em um simples enunciado de desejos. Por exemplo, se eu escrevesse hoje meu texto final, talvez dissesse algo assim: "Nesta madrugada, enquanto dormia, morreu a escritora Rosa Montero por causa de uma parada cardíaca. Montero, de oitenta e três anos, acabara de voltar de Vancouver, onde lançara seu último romance, e estava trabalhando em um livro de contos. Ativa, curiosa, vital e inquieta até o fim, a escritora fazia ginástica todos os dias, estava cursando história medieval na Universidade Complutense de Madri, continuava viajando com frequência e mantinha um ritmo de vida que seus numerosos amigos costumavam qualificar de 'trepidante'...". E assim por diante. Enfim.

Devaneios pueris à parte, o certo é que parece curioso pensar em como gostaríamos que se lembrassem de nós, não mais do ponto de vista pessoal, de nossos amigos e nossa família, que têm uma lembrança emocional, mas da perspectiva profissional, do exterior. Isto é, o que eu gostaria que dissessem de mim como escritora?

Um dia em que eu andava muito desesperada porque o romance que estava escrevendo resistia a mim, Jorge Enrique Adoum, o célebre autor equatoriano, me enviou por e-mail uma eloquente frase que me consolou, fazendo com que eu entendesse melhor a natureza do trabalho narrativo. É dos irmãos Goncourt e diz assim: "A literatura é uma facilidade inata e uma dificuldade adquirida". E sim, é verdade, é exatamente isso. Suponho que possa ser aplicada a todas as atividades artísticas e não só à literatura, mas, seja como for, é algo que a narrativa cumpre completamente. Todos os romancistas que me interessam lutaram a vida toda contra essa facilidade. A construção da própria obra é um esforço constante para escrever da fronteira do que não se sabe. É preciso fugir do que a gente domina, dos lugares-comuns pessoais, do conhecido: "A única influência da qual é preciso se defender é da própria", dizia com toda razão Bioy Casares. E Rudyard Kipling aconselhava os escritores principiantes: "Assim que vir suas faculdades aumentando, tente alguma coisa que pareça impossível". Não há nada mais penoso do que um romancista que copia a si mesmo.

Isaiah Berlin diz que há dois tipos de escritores, os porcos-espinhos e as raposas. Os primeiros se enroscam e dão voltas em torno do mesmo tema, enquanto as raposas são animalejos itinerantes que avançam sem parar por assuntos diferentes. Não é uma divisão valorativa, apenas descritiva. Quer dizer, um autor raposa não precisa ser necessariamente melhor do que um autor porco-espinho, porque ruminar sem trégua a mesma coisa não implica uma repetição forçada; antes o contrário, os bons escritores porcos-espinhos se aprofundam e se aprofundam no tema, como quem enfia um berbequim na madeira. Um exemplo é Proust, esse porco-espinho total, sempre feito um novelo na sua eterna cama de hipocondríaco, sempre perambulando nos arredores da sua única obra, primeiro com *Jean Santeuil*, que é só um ensaio geral, juvenil e fracassado, e depois com a monumental e maravilhosa *Em busca do tempo perdido*.

Uma vez esclarecido isso, devo confessar que eu me considero cem por cento raposa, da trufa do meu focinho preto às minhas patinhas andarilhas. Ando e ando, de romance em romance, descobrindo paisagens inesperadas. E tento não me conformar, não me repetir. O que faz com que cada livro seja mais difícil de escrever do que o anterior. Não sei se aguentarei nessa fronteira por muito tempo: é um lugar incômodo e os humanos, incluindo os de espírito raposino, são uns bichos bastante fracos. Por isso, se penso hoje no que gostaria que escrevessem no meu necrológio, acho que me bastaria se pudessem dizer: "Nunca se contentou com o que sabia".

Treze

Suponho que não tenho escolha a não ser falar sobre o enervante assunto das mulheres.

Venho há trinta anos fazendo entrevistas com outras pessoas, como jornalista, e há vinte e cinco anos sendo entrevistada como escritora. Nesse tempo, houve duas perguntas que me foram feitas até a exaustão, até o desespero, até a ira. Não estou exagerando: talvez tenham sido formuladas umas mil vezes, em toda a América Latina, nos Estados Unidos, na Espanha e no resto da Europa; na mídia ou durante as conversas dos eventos públicos. Por isso, cada vez que alguém me pergunta de novo uma dessas duas questões, fico fora de mim e me vem uma vontade estrondosa de rugir e bufar. Essas duas fatídicas perguntas são: existe uma literatura de mulheres? E: o que você prefere, ser jornalista ou escritora? E suponho que, dada a pertinaz curiosidade que esses temas suscitam, devo fazer um esforço e respondê-las neste livro.

No transcurso de um simpósio internacional sobre literatura de mulheres, realizado na Universidade de Lima em 1999, disse pela primeira vez em público uma frase que depois vi ser repetida por outras, transformada em um tópico coletivo. Perdoem-me a presunção (ah, a vaidade) de reivindicar a autoria da frase, mas talvez seja a única ocasião na qual um pensamento meu tenha adquirido vida própria, passando a fazer parte dos dizeres anônimos de uma sociedade. E o que eu disse foi: Quando uma mulher escreve um romance protagonizado por uma mulher, todo mundo considera que está falando sobre mulheres; enquanto quando um homem escreve um romance protagonizado por um homem, todo mundo considera que está falando do gênero humano.

Não tenho interesse nenhum, absolutamente nenhum, em escrever sobre mulheres. Quero escrever sobre o gênero humano, mas por coincidência cinquenta e um por cento da humanidade é do sexo feminino; e, como pertenço a esse grupo, a maioria das minhas protagonistas é mulher, do mesmo modo como os romancistas homens utilizam em geral personagens principais masculinos. E já é hora de os leitores homens se identificarem com as protagonistas mulheres, da mesma maneira que nós nos identificamos durante séculos com os protagonistas masculinos, que eram nossos únicos modelos literários; porque essa permeabilidade, essa flexibilidade do olhar, fará de todos nós mais sábios e mais livres.

Mas preciso remontar ao início, até o muito tedioso ABC do assunto, voltando a contar uma vez mais as mesmas obviedades. Para começar pela primeira: não, não existe uma literatura de mulheres. A gente pode fazer a prova de ler para outra pessoa fragmentos de romances, e estou certa de que o ouvinte não adivinhará o sexo dos autores para além do mero acerto estatístico. Um romance é tudo o que o escritor é: seus sonhos, suas leituras, sua idade, sua aparência física, suas doenças, seus pais, sua classe social, seu trabalho... e também seu gênero sexual, sem dúvida alguma. Mas isso, o sexo, não passa de um ingrediente dentre muitos outros. Por exemplo, no mundo ocidental de hoje, o fato de ser mulher ou de ser homem impõe menos diferenças de olhar do que o fato de provir de um meio urbano ou de um meio rural. Portanto, por que se fala de literatura de mulheres e não de literatura de autores nascidos no campo ou de literatura de autores com deficiências físicas, para dar um exemplo, que com certeza te dão uma percepção radicalmente diferente da realidade? O mais provável é que eu tenha muito mais a ver com um autor espanhol homem, da minha mesma idade e nascido na grande cidade, do que com uma escritora negra, sul-africana e de oitenta anos que tenha vivido no apartheid. Porque as coisas que nos separam são muitas mais do que as que nos unem.

Eu me considero feminista ou, melhor dizendo, antissexista, porque a palavra *feminista* tem um conteúdo semântico equívoco: parece se opor ao machismo e sugerir, portanto, uma supremacia da mulher sobre o homem, quando o grosso das correntes feministas não só não aspira a isso, mas reivindica justamente o contrário: que ninguém seja submetido a ninguém em razão do seu sexo, que o fato de ter nascido homem ou mulher não nos confine em um estereótipo. Mas minha preferência pelo termo *antissexista* não quer dizer que eu renegue a palavra *feminista*, que pode ser pouco precisa, mas está cheia de história e resume séculos e séculos de esforços de milhares de mulheres e homens que lutaram para mudar uma situação social aberrante. Hoje somos todos herdeiros dessa palavra: ela fez com que o mundo se movesse e eu me sinto orgulhosa de continuar utilizando-a.

Pois bem, o fato de se considerar feminista não implica que seus romances o sejam. Detesto a narrativa utilitária e militante, os romances feministas, ecologistas, pacifistas ou qualquer outro *ista* que possa ser pensado, porque escrever para passar uma mensagem trai a função primordial da narrativa, seu sentido essencial, que é o da busca do sentido. Escreve-se, pois, para aprender, para saber; e não se pode empreender essa viagem de conhecimento levando previamente as respostas com a gente. Mais de um bom autor se estragou pelo seu afã doutrinário; embora às vezes, em alguns casos especiais, se dê a circunstância de que o próprio talento salva o escritor da cegueira dos seus preconceitos, como aconteceu, por exemplo, com Tolstói, que era um homem extremamente retrógrado e machista. De fato, ele se propôs a escrever *Anna Kariênina* como exemplo moral de como a modernidade destruía a sociedade tradicional russa; pretendia explicar que o progresso era tão imoral e dissolvente que as mulheres cometiam até adultério! O romance partiu desse preconceito arcaico, mas depois o poderoso dom narrativo de Tolstói, seu *daimon*, seus brownies, o tiraram do confinamento da sua ideologia e o fizeram se render à *verdade* das mentiras literárias. Daí que, no seu romance, acabasse emergindo o contrário do que pretendia: a hipocrisia social, a vitimação de Anna, a injustiça do sexismo.

Além disso, nenhum *daimon* parece disposto a salvar críticos, acadêmicos, enciclopedistas e demais personagens da cultura oficial dos seus preconceitos. Quero dizer que, embora no mundo ocidental a situação tenha melhorado demais, a cultura oficial continua sendo machista. Nos congressos, as escritoras costumam ainda ser citadas como um capítulo à parte, um paragrafozinho anexo à conferência principal ("E, quanto à literatura de mulheres..."); mal aparecemos nas antologias, nos sisudos artigos universitários, nos resumos de final de ano ou década ou século que a mídia costuma fazer de vez em quando. Não estamos suficientemente representadas nas academias ou nas enciclopédias nem costumam nos encomendar as apresentações *sérias* nos encontros internacionais. Os críticos são tremendamente paternalistas e mostram uma inquietante tendência a confundir a vida da escritora com sua obra (coisa que não acontece com os romancistas homens), a ver em todos os romances de mulheres uma literatura contemplativa e sem ação (mesmo sendo o thriller mais trepidante) e, é claro, como dizíamos no início, a pensar que aquilo que uma mulher escreve trata só de mulheres e é, por conseguinte, material humano e literário de segunda. Por sorte, essa cultura oficial retrógrada vai também se feminilizando; cada dia há mais eruditas, críticas e professoras universitárias, e isso está mudando a situação; mas algumas dessas profissionais se empenham em fazer resenhas, antologias e estudos literários desaforadamente feministas, quer dizer, ideologizados até o dogmatismo e, do meu ponto de vista, quase tão sexistas e contraproducentes como o preconceito machista. Embora partam da margem contrária, elas também pensam que o que uma mulher escreve trata tão só de mulheres.

Lembremos que as mulheres viviam em um vertiginoso abismo de desigualdade até faz muito pouco tempo. Não nos foi permitido sequer estudar na universidade até bem avançado o século XX; não nos foi permitido votar até uns setenta anos atrás (na França, em 1944, por exemplo); durante muitíssimo tempo, enfim, não podíamos trabalhar, nem viajar sozinhas, nem ter autonomia legal. Viemos do inferno, de um horror muito próximo que parecemos ter esquecido; e estou falando apenas do mundo ocidental, que foi o que evoluiu; em países menos desenvolvidos, a mulher continua sendo um ser carente de direitos.

Com um panorama como esse, é natural que houvesse muito poucas escritoras. Já se sabe que, segundo as modernas teorias, é bastante provável que muitas das obras anônimas sejam produto literário de uma mulher, que não podia dar a conhecer sua autoria; por outro lado, um bom número de escritoras se amparou em pseudônimos masculinos para poder trabalhar e publicar. Como George Eliot, ou George Sand, ou nossa Fernán Caballero, ou a própria Isak Dinesen; ou usaram o nome do marido, tornando-se assim suas sofridas ghost-writers literárias, como no caso dos primeiros livros de Colette, assinados por Willy, ou toda a obra da nossa María Lejárraga, publicada sob o nome de Martínez Sierra, o inútil cônjuge, que fingiu durante todo o século XX (a fraude foi descoberta faz pouco tempo) ser um autor teatral de grande sucesso. Sendo, como eram, excepcionais no seu entorno, a maioria delas tentava escrever *como homenzinhos*. Nas suas obras jornalísticas, George Sand, por exemplo, chegava a falar de si mesma como se fosse homem, em uma espécie de travestismo narrativo, pois não havia modelos expressivos femininos que ela pudesse utilizar. Se ela tivesse posto a si mesma como mulher, o texto teria parecido estridente demais, chocante demais para os leitores, teria saído da convenção narrativa do momento. Isto é importante: durante muitos anos, não tendo modelos literários e artísticos femininos, a mulher criadora tendeu a mimetizar o olhar masculino.

Esse olhar, por outro lado, é também nosso em grande medida. É evidente que mulheres e homens de uma mesma época e de uma mesma cultura compartilham uma infinidade de coisas, com mitos e fantasmas comuns. No entanto, nós, mulheres, temos um pequeno núcleo de vivências específicas pelo fato de sermos mulheres, da mesma maneira que os homens possuem um canto especial. Por exemplo: os homens passaram milênios construindo literariamente uns modelos de mulher que, na realidade, não correspondem a como nós somos, mas a como eles nos veem, através das diversas fantasias do seu subconsciente: a mulher como perigo (a vampira que suga a energia e a vida do homem), a mulher terra-maga-mãe, a mulher garota-gata-boba estilo Marilyn... Não há nada a ser objetado em tudo isso, porque esses protótipos existem de verdade dentro da cabeça dos homens, e trazê-los à luz enriquece a descrição do mundo e o entendimento do que todos somos.

Pois então, agora cabe a nós, mulheres, fazer o nosso mundo. Juntas estamos também pondo para fora nossas imagens míticas dos homens. Eles nos veem assim, mas e nós, como os vemos no nosso subconsciente? E que forma artística é possível dar a esses sentimentos? E esse não é o único tema especificamente feminino. Citarei outro assunto que está emergindo das profundezas da mente das mulheres: como nos sentimos de verdade, lá no fundo, que sonhos e que medos se ocultam aí, e como podemos expressá-los? Só mais um exemplo: a menstruação. Acontece que as mulheres sangram de modo espalhafatoso e às vezes com dor todos os meses, e acontece que essa função corporal, tão espetacular e vociferante, está diretamente relacionada com a vida e com a morte, com a passagem do tempo, com o mistério mais impenetrável da existência. Mas essa realidade cotidiana, tão carregada de ingredientes simbólicos (por isso os povos chamados primitivos costumam rodear a menstruação de ritos muito complexos), é, no entanto, silenciada e absolutamente ignorada na nossa cultura. Se os homens menstruassem, a literatura universal estaria cheia de metáforas do sangue. Pois então, são essas metáforas que as escritoras precisam criar e pôr em circulação na torrente geral da literatura. Agora que, pela primeira vez na história, pode haver tantas escritoras quanto escritores; agora que não somos mais exceções, agora que nossa participação na vida literária se normalizou, dispomos de total liberdade criativa para nomear o mundo. E há umas pequenas zonas da realidade que só nós podemos nomear.

E estamos fazendo isso. É um processo natural, acumulativo, automático. Todos os escritores tentam definir, descrever, arrumar com palavras seu espaço; e à medida que o entorno no qual você vive muda, o relato difere. Por exemplo, para poder construir pela primeira vez um arquétipo cultural do que é a vida em alto-mar, do que é se perder no oceano e lutar contra a enormidade e as inclemências, você precisa ter conhecido isso. Melville foi marinheiro; alistou-se em alguns barcos baleeiros, um deles tão atroz que ele desertou. Por isso soube contar. Por isso conseguiu inventar Moby Dick. Pois bem: quando gerações e gerações de escritores conseguiram dar forma pública e literária a um tema, quando conseguiram transformá-lo em um mito expressivo, essa realidade passa a ser material comum de todos os humanos. Porque ler é uma forma de viver. Quero dizer que eu, que detesto andar de barco, que nunca estive em alto-mar e fico enjoada até no *vaporetto* de Veneza, poderia, no entanto, escrever uma narrativa que incluísse ingredientes marinhos, pois o conheço graças às minhas leituras; e não estou falando do jargão técnico, de saber o que é o amantilho ou onde fica o cordame, mas de algo profundo, do sentimento que o oceânico desperta no coração dos humanos. Da mesma maneira, à medida que nós, mulheres romancistas, vamos completando essa descrição de um mundo que antes só existia dentro de nós, vamos transformando-o em patrimônio de todos; e os homens também poderão utilizar as metáforas sangrentas como se fossem deles ou tentarão se adaptar aos nossos modelos de homens, como muitas mulheres tentam se parecer com os modelos de mulher que eles inventaram. Tão poderosa assim é a imaginação.

Quanto à outra pergunta repetitiva e tediosa, "o que você prefere, ser jornalista ou escritora?", devo dizer que, de saída, está mal formulada. Há muitos tipos de jornalismo: de direção e de edição, de televisão, de rádio… E esses trabalhos são muito diferentes do que eu faço. O jornalismo ao qual me dedico, que é o escrito, de pena, de articulista e repórter, é um gênero literário como qualquer outro, equiparável à poesia, à ficção, ao drama, ao ensaio. E pode alcançar cotas de excelência literária tão altas como um livro de poemas ou um romance, como demonstra *A sangue frio*, de Truman Capote, essa obra monumental que na realidade não passa de uma reportagem. Por outro lado, é muito raro um escritor que cultive só um gênero; o habitual é ser, por exemplo, poeta e ensaísta, narrador e dramaturgo… Eu me considero uma escritora que cultiva a ficção, o ensaio e o jornalismo. Não sei por que parece surpreender as pessoas que se combine jornalismo e narrativa, quando é algo para lá de comum. Se repassamos a lista dos escritores dos últimos séculos, pelo menos a metade, quem sabe mais, foi jornalista. E não me refiro a Hemingway e García Márquez, que são os nomes sempre citados, mas a Balzac, George Eliot, Oscar Wilde, Dostoiévski, Graham Greene, Dumas, Rudyard Kipling, Clarín, Mark Twain, Italo Calvino, Goethe, Naipaul e muitos outros, tantos que a listagem não acabaria nunca.

De fato, essa pergunta só pode ter sido formulada no século XX, mais ainda, na segunda metade do século XX, pois antes as fronteiras entre o que era jornalístico e o que era narrativo eram extremamente borradas. Os escritores realistas e naturalistas do século XIX documentavam seus romances com a mesma meticulosidade que o jornalista de hoje se documenta para uma reportagem. Dickens se apresentou em vários internatos ingleses, fingindo-se de tutor de um possível pupilo, para se inteirar das condições de vida dessas instituições e poder descrevê-las em *A vida e as aventuras de Nicholas Nickleby*; e Zola fez uma viagem a Lourdes no sórdido trem dos enfermos (e anotou tudo, do nome e sintomas das doenças à rotina ferroviária da peregrinação) e a descreveu ponto por ponto em um romance. Naquela época, as pessoas liam os livros de ficção como quem lê um jornal, convencidas de que estavam lendo verdades literais, ou seja, desse tipo de verdades que poderiam ser autenticadas por um notário. Foi a chegada da sociedade da informação e da imagem, foi a irrupção da fotografia, do cinema, dos documentários e, sobretudo, da televisão, que mudou o sentido da narrativa e estabeleceu fronteiras mais ou menos precisas entre o jornalismo e a ficção, tornando-os gêneros literários diferenciados.

Todos os gêneros têm suas normas e, em princípio, seria necessário se ater a essas regras para realizá-los bem. Não é possível escrever uma obra de teatro como se fosse um ensaio, porque provavelmente seria chatíssima; e não se deve escrever um ensaio como se fosse poesia, pois é muito possível que fique faltando rigor. Do mesmo modo, não é possível escrever um romance como se fosse jornalismo, ou você fará um romance ruim, nem jornalismo como se fosse ficção, porque você fará jornalismo ruim. Depois, claro, todos esses limites podem ser ignorados e ultrapassados centenas de vezes, porque, além disso, hoje a literatura está vivendo um tempo especialmente híbrido no qual predomina a confusão de gêneros: este livro mesmo que estou escrevendo é um exemplo disso. Mas para poder romper os moldes é preciso conhecê--los previamente, da mesma maneira que, para poder fazer cubismo, antes era preciso saber pintar de modo convencional (Picasso *dixit*).

E, assim, é preciso que fique muito claro que o jornalismo e a narrativa são gêneros muito diferentes e inclusive antitéticos. Por exemplo, no jornalismo, a clareza é um valor: quanto menos confusa e menos equívoca for uma peça jornalística, melhor será. Já no romance, o que vale é a ambiguidade. Quem sabe possamos dizer, para resumir a diferença fundamental, que no jornalismo você fala do que sabe e, na narrativa, do que não sabe que sabe. Pessoalmente, afinal, eu me sinto sobretudo romancista. Comecei escrevendo ficções, uns contos horrorosos de ratinhos que falavam, aos cinco anos de idade; e, se me tornei jornalista, foi para ter uma profissão que não me afastasse demais da minha paixão de narradora. Posso me imaginar facilmente sem ser jornalista, mas não me concebo sem os romances. Se esse tumulto de devaneios narrativos acabasse para mim, como me viraria para continuar me levantando da cama todos os dias?

Catorze

Aos dezoito anos de idade, morando ainda na casa dos meus pais, uma noite conheci a escuridão. Foi depois de jantar; eu continuava sentada à mesa, que já tinha sido retirada; sozinha na sala, contemplava a televisão com tédio. E então, sem aviso prévio, aconteceu. A realidade se afastou de mim, ou melhor, eu saí da realidade. Comecei a ver o cômodo alheio a mim, fisicamente distante, inalcançável, como se estivesse contemplando o mundo com uma luneta (isso, depois fiquei sabendo, se chama *efeito túnel*). De repente, eu estava fora das coisas, tinha *caído* da vida. Imediatamente senti, como é natural, um pânico terrível. Acho que nunca experimentara tanto medo na vida. Meus dentes batiam e os joelhos tremiam, de tal modo que mal podia ficar de pé. Eu não entendia nada, não sabia o que estava acontecendo comigo, só conseguia pensar que estava louca, o que aumentava meu pavor. E, além disso, era incapaz de explicar o que me ocorria: como? Dizendo o quê? Para quem? Os outros tinham ficado muito longe, do outro lado do túnel do meu olhar. Era uma situação que rompia todas as convenções expressivas, um pesadelo diurno e inefável. Eu, que sempre vivera em um ninho de palavras, ficara capturada no silêncio.

A sensação aguda de alheamento passou em uns minutos, mas deixou o mundo coberto por um véu de irrealidade, como se a essência das coisas tivesse se debilitado; e eu fiquei muito assustada, morta de medo de que o medo voltasse. Voltou, é claro: nos meses seguintes tive mais algumas crises, sozinha no meio da rua, ou em uma aula da universidade, ou enquanto estava com amigos… Deixei de ir ao cinema e a lugares públicos grandes e barulhentos, porque estimulavam a sensação de estranhamento. E eu continuava sem poder falar sobre isso com ninguém. Na minha época e na minha classe social, nem me ocorreu ir a um psicólogo e, é claro, não tomei nenhum remédio. Minha mãe, vendo que eu estava péssima, me recomendou que deixasse de beber café, coisa que fiz. Foi um conselho sensato, afinal de contas, embora não servisse para grande coisa. Pouco a pouco, com o passar do tempo, voltei à normalidade. Nesse meio-tempo, decidira estudar psicologia na universidade, para tentar entender o que tinha acontecido comigo. Isso é algo muito habitual: eu diria que a imensa maioria dos psiquiatras e psicólogos que há no mundo são indivíduos que tiveram problemas mentais, o que não me parece necessariamente negativo, pois essa experiência pode dar a eles uma sensibilidade maior para seu trabalho. O ruim é que muitos não se tornam psiquiatras ou psicólogos para desentranhar o que acontece, mas para se protegerem dos seus medos, no pueril convencimento de que, sendo os que curam, não podem ser, ao mesmo tempo, os doentes.

De modo que estudei psicologia e, com efeito, acabei entendendo o que tinha me acontecido. Eu tivera um ataque de angústia, a desordem psíquica mais habitual; agora costumam chamá-la, eufemisticamente, de estresse, sendo uma verdadeira vulgaridade de tanto que abunda. Saber que era bastante comum me ajudou muito; voltei a ter uma época de crise em torno dos vinte e dois anos e outra ainda, a última, lá pelos trinta, mas ambas foram bem menos agudas do que a primeira. Acabei perdendo o medo do medo e aceitando que a vida tem uma porcentagem de trevas com a qual é preciso aprender a conviver. Hoje chego a considerar aquelas crises como um verdadeiro privilégio, porque foram uma espécie de excursão extramuros, uma pequena viagem de turismo pelo lado selvagem da consciência. Minhas angústias me permitiram vislumbrar a escuridão; e só se você já esteve ali, mesmo de modo tão superficial e breve como eu, é possível entender o que supõe viver no outro lado, exilado da realidade comum, confinado no silêncio e em você mesmo. Minhas angústias, enfim, me tornaram mais sábia.

Os chamados *loucos* são aqueles indivíduos que residem de modo permanente no lado sombrio: não conseguem se inserir na realidade e carecem de palavras para se expressar, ou então suas palavras interiores não coincidem com o discurso coletivo, como se falassem uma linguagem alienígena que nem mesmo pode ser traduzida. A essência da loucura é a solidão. Uma solidão psíquica absoluta que produz um sofrimento insuportável. Uma solidão tão superlativa que não cabe dentro da palavra solidão e que não pode ser imaginada se não se conheceu. É como estar no interior de um túmulo, enterrado vivo.

Quando, segundo se conta, o tsar Pedro I pronunciava contra algum inimigo de sua poderosa nobreza a sentença: *Eu te torno louco*, o poder da palavra e a palavra do poder, nesse caso, acabavam transformando-o em tal, pois, ao ser tratado por todos os outros como demente, o desgraçado vivia a realidade da ausência de razão e perdia toda sensatez,

explicou Carmen Iglesias no já mencionado discurso de posse na Academia. E é um exemplo perfeito. A loucura é viver no vazio dos outros, em uma ordem que ninguém compartilha.

Durante muito tempo, acreditei que escrever podia te resgatar da dissolução e da escuridão, porque supõe uma ponte sólida de comunicação com os outros e anula, portanto, a solidão mortífera: por isso, é preciso publicar e ser lido; por isso, o fracasso total pode aniquilar o escritor, como aniquilou Robert Walser. Depois compreendi que aqueles que chamamos de *loucos* estão frequentemente para além de todo resgate (a não ser, quem sabe, o resgate químico: as novas drogas estão fazendo milagres) e que a literatura só podia proteger aqueles de nós que nos encontramos deste lado ou então na zona fronteiriça, como talvez fosse o caso de Walser. Por último, faz alguns anos, comecei a pensar que, em algumas ocasiões excepcionais, a literatura poderia inclusive resultar prejudicial para o autor. Isso acontece quando o que se escreve começa a fazer parte do delírio; quando a louca da casa, em vez de ser uma inquilina hospedada no nosso cérebro, torna-se o edifício inteiro, e o escritor, um prisioneiro dentro dele.

Isso aconteceu, por exemplo, com Arthur Rimbaud, esse poeta deslumbrante que escreveu toda a sua obra antes de completar vinte anos. Foi excêntrico e estranho desde pequeno e se comportou como um autêntico pirado: em 1871, com dezesseis anos, não se lavava, não se penteava, andava vestido como um mendigo, gravava blasfêmias com a ponta de uma faca nos bancos do parque, perambulava pelos cafés como um lobo sedento na tentativa de que alguém lhe convidasse para tomar uma bebida, contava aos berros como se deleitava sexualmente com cadelas vira-latas e tinha sempre um cachimbo com o fornilho para baixo. Pouco depois disso, mudou-se para Paris e conheceu Paul Verlaine, outro poeta requintado e um perfeito idiota, alcoólatra e violento. Eles se apaixonaram tórrida e venenosamente e, durante alguns anos, fizeram de tudo para tornar a vida do outro impossível. Espancavam-se, insultavam-se, ameaçavam-se, esfaqueavam-se as mãos nos cafés. E, ao mesmo tempo, escreviam sem parar. Rimbaud desenvolveu a teoria literária do Vidente. "Eu sou outro", dizia, e com isso talvez tentasse transformar seu sentimento íntimo de alheamento em uma clarividência homérica, em um dom sagrado e redentor. Passava o dia estudando livros de ocultismo e chegou a acreditar que podia se fundir em Deus com ajuda das drogas e da magia. Além disso, incluiu sua escrita no delírio. Para piorar, tomava uns pileques incríveis de absinto e mascava haxixe a toda hora (naquela época, a droga ainda não era fumada); fazia isso aplicada e deliberadamente, ansioso para romper os laços com a pouca racionalidade que lhe restava, para poder dar o salto para a divindade. Tudo isso o levou a um estado de constante confusão: via salões rutilantes no fundo dos lagos e acreditava que as fábricas da periferia de Paris eram mesquitas orientais.

Tanto a relação amorosa como o estado dos poetas foram se deteriorando rápido. Em 1873, Verlaine tentou matar Rimbaud, dando três tiros nele; só acertou um, e na mão. Rimbaud acabou no hospital, Verlaine na prisão (onde passou dois anos) e o escândalo estragou a vida de ambos, porque tornou pública e notória sua homossexualidade, coisa inadmissível naquela época; até os amigos de Verlaine, poetas e supostamente boêmios, o excluíram da antologia de versos parnasianos que estavam preparando, como castigo pela sua condição de sodomita. Rimbaud, que se apressou a publicar seu livro *Um tempo no inferno* para ver se recuperava algum prestígio, foi completamente ignorado por aquela Paris cruel e repressora. Sua teoria do Vidente falhara: não só ele não se transformara em Deus, mas se encontrava mais enterrado do que nunca no demoníaco. Em novembro de 1875, Arthur Rimbaud queimou seus manuscritos e deixou de escrever para sempre. Tinha vinte e um anos.

Muito tempo depois, sua irmã lhe perguntou por que ele abandonara a escrita e Rimbaud respondeu que continuar com a poesia o teria deixado maluco. Por isso não lhe bastou o silêncio, mas, depois de ter sido todo palavras (e de que as palavras multiplicassem seu delírio), tentou ser só atos e somente atos. Quer dizer, tentou se transformar em um fazedor. Quis encontrar a sanidade através de uma vida básica, desse tipo de vida que, por ser mais nua e difícil, parece mais real. Foi capataz de pedreiras e mestre de obras no Chipre; viajou pela Somália e pela Etiópia, sendo que no Harar foi empregado de uma empresa de comerciantes de café. Trabalhava como galeote e era de uma austeridade estarrecedora: mal comia e só bebia água. Explorou regiões africanas desconhecidas; tornou-se traficante de armas e há quem diga que também traficou escravizados. Era uma personagem conradiana, torturado e enigmático, que fugia de si mesmo. Mas não conseguiu correr o suficiente. Em 1891, em um canto remoto da África, começou a sentir umas dores horríveis no joelho. Era um câncer nos ossos. Amputaram sua perna na virilha (mutilaram o poeta mutilado), mas não serviu de nada. O tumor o deixou praticamente paralisado e não demorou a devorá-lo em nove agônicos meses, que Rimbaud passou se derramando em lágrimas, em parte pelo insuportável sofrimento físico, mas também pela pena de ter vivido uma vida dessas. Quando morreu, tinha apenas trinta e sete anos.

De modo que escrever deixava o belo e destemido Rimbaud louco. Claro que no seu caso estamos falando de poesia, não de narrativa. O romance é um artefato literário muito mais sensato. O romance constrói, estrutura, organiza. Põe em ordem o caos da vida, como diz Vargas Llosa. É muito mais difícil que um romance contribua para enlouquecer seu autor. Ainda assim, há também romances que acabam sendo uma alucinação. O formidável Philip K. Dick acabou acreditando que seus romances faziam parte de um plano mundial complicadíssimo e que Deus os enfiara na sua mente para lhe revelar que a humanidade estava capturada em uma miragem, pois na realidade ainda vivíamos no Império Romano. E ele começou a atuar conforme o que escrevera nos seus livros anteriores.

Mas acho que a desordem psíquica mais comum entre os romancistas é a mitomania. Alguns escritores parecem não saber diferenciar as mentiras dos romances daquelas que eles contam na vida real. Esses autores costumam enfeitar a própria biografia com fatos portentosos, todos falsos, transformando a si mesmos nas personagens mais elaboradas, saídas das suas fantasias. Como aconteceu com André Malraux, segundo conta Olivier Todd. Malraux inventou sua própria vida; falseou, por exemplo, seu currículo escolar, dizendo que sabia grego e sânscrito e que fizera uns estudos orientais, tudo produto da sua imaginação. Além disso, fabricou para si uma reputação de magnífico combatente da Resistência francesa, quando na realidade se uniu a ela quase no final da guerra. Malraux enfeitava tudo; a tudo acrescentava brilho e épica. A mesma coisa fazia Hemingway, um mitômano fanfarrão e desagradável, que assegurava que lutara na Primeira Guerra Mundial com as prestigiosas tropas de choque italianas, mas o certo é que foi ferido depois de passar poucas semanas no front e sempre como motorista de ambulâncias; e mentiu como um velhaco negando os conselhos, a ajuda e a enorme influência que seu amigo Fitzgerald tivera nos seus primeiros livros. Outro exemplo é Emilio Salgari, que escreveu dezenas de romances cheios de trepidantes aventuras exóticas, de mares bravios e travessias épicas, mas foi um pobre coitado que quis ser marinheiro e não conseguiu, pois foi suspenso na academia; que só subiu umas poucas vezes em um barco em toda a sua vida, mal tendo saído da França. Teve uma existência tristíssima: foi devorado pelas dívidas, sua mulher enlouqueceu e ele era depressivo. Acabou se suicidando, mas o mais terrível é que sua mitomania o levou a imitar os heróis orientais que ele tanto admirava: abriu a barriga de cima a baixo com um estilete mínimo e depois rasgou a garganta, em uma atroz encenação da morte por haraquiri dos samurais.

Ainda assim, continuo pensando que escrever salva a vida. Quando tudo mais falha, quando a realidade apodrece, quando sua existência naufraga, sempre é possível recorrer ao mundo narrativo. Pensando bem, talvez não tenha sido por acaso que minhas crises de angústia desapareceram pouco depois de eu ter começado a publicar meus romances, completando assim um circuito de comunicação com o mundo; eu vinha publicando na imprensa desde os dezoito anos, mas o jornalismo carece dessa capacidade estruturadora. "Se você não escrevesse, ficaria maluco", disse Naipaul a Paul Theroux no início da sua amizade. Acho que a maioria de nós, romancistas, percebe que nosso equilíbrio depende de algum modo da nossa obra. Que esses livros, quem sabe medíocres ou péssimos, como os de Erich Segal, fazem parte da nossa substância mais constante e mais sólida. A escrita é um esqueleto exógeno que te permite continuar de pé ortopedicamente quando, sem isso, você seria uma gelatina derrotada, uma massa mole esmagada no chão (claro que meu amigo Alejandro Gándara deu um dia uma inquietante volta nesse argumento ao responder: "Não, a literatura pode ser uma desculpa para continuar sendo uma gelatina sem fazer nada para remediar isso").

É curioso que a escrita possa funcionar com um dique das derivas psíquicas, porque, por outro lado, te põe em contato com essa realidade enorme e selvagem que está para além da sensatez. O escritor, assim como qualquer outro artista, tenta dar uma olhada fora das fronteiras dos seus conhecimentos, da sua cultura, das convenções sociais; tenta explorar o informe e o ilimitado, e esse território desconhecido parece muito com a loucura. Quando crianças, todos estamos *loucos*; isto é, todos estamos possuídos por uma imaginação sem domesticar e moramos em uma zona crepuscular da realidade na qual tudo parece possível. Educar uma criança supõe limitar seu campo visual, empequenecer o mundo e dar a ele uma forma determinada, para que se adapte às normas específicas de cada cultura. Já se sabe que a realidade não é algo objetivo; na Idade Média, a realidade convencional incluía a existência de anjos e demônios e, por conseguinte, os cidadãos *viam* anjos e demônios; mas se hoje nosso vizinho nos dissesse que acabara de encontrar com o diabo na escada, acharíamos que ele é um pirado total. A realidade não passa de uma tradução redutora da enormidade do mundo, e o louco é aquele que não se acomoda a essa linguagem.

Portanto, crescer e adquirir a sensatez do cidadão adulto implica de algum modo deixar de saber coisas e perder esse olhar múltiplo, caleidoscópico e livre sobre a vida monumental, sobre essa vida total que é grande demais para poder ser manejada, como a baleia é grande demais para poder ser vista completamente. Já disse James M. Barry, o autor de *Peter Pan*: "Não sou jovem o bastante para saber tudo". Pois bem, os escritores, os artistas e em geral os criadores de todo tipo (e há muitas maneiras de criar, das muito modestas às muito importantes) mantêm certo contato com o vasto mundo de extramuros; uns simplesmente se debruçam no parapeito e dão uma olhada rápida, outros realizam comedidas excursões pelo exterior, e alguns empreendem longas e arriscadas viagens de exploração das quais talvez não voltem nunca.

E isso me faz pensar em John Nash, esse matemático genial cuja vida inspirou o filme *Uma mente brilhante*, protagonizado por Russell Crowe. Como se sabe, na década de 1950, sendo ainda muito jovem, o estadunidense Nash inventou uma teoria do jogo revolucionária que se tornou a base da matemática de competição. Mas então, aos trinta anos, quando seu destino se prenunciava esplêndido, ele colapsou em um delírio esquizofrênico paranoico. Isto é, tornou-se um louco oficial. Durante anos foi internado à força em diversos hospitais psiquiátricos e submetido a métodos terapêuticos tão brutais como o choque insulínico. Passou praticamente trinta anos fora do mundo, presa de furiosos delírios e sem poder se valer de si mesmo. Mas afinal, pouco a pouco, foi se liberando das suas alucinações ou talvez se acostumando de maneira heroica a conviver com elas. Seja como for, recuperou sua cotidianidade mais ou menos normal e um posto de professor na Universidade de Princeton. Pouco depois, em 1994, ganhou o Prêmio Nobel de Economia, obtendo-o pelos seus trabalhos de juventude, antes do colapso; mas o certo é que, mesmo durante os anos de loucura, Nash foi capaz de fazer achados matemáticos de vez em quando. Os fármacos de nova geração talvez tenham contribuído para a remissão dos seus sintomas, mas só o fato de ele ter sobrevivido como pessoa a um histórico de psiquiatrização como o seu é algo prodigioso. Sua linda e poderosa mente o conduziu à catástrofe, mas também o ajudou a se salvar.

O mais emocionante dessa tremenda história é o que Nash escreveu na sua autobiografia, um longo texto redigido em 1994, por ocasião da concessão do Prêmio Nobel. Primeiro ele reconhece com humildade que passou vários anos vivendo no engano paranoide e na alucinação fantasmagórica, até que no fim foi aprendendo a rejeitar intelectualmente, com grande esforço da vontade, esse submundo de sombras devastadoras: "De maneira que, nestes momentos, parece que estou pensando de novo racionalmente, do modo como fazem os cientistas", explica Nash com prudência. Mas acrescenta: "No entanto, isso não é algo que me preencha com uma alegria plena, como aconteceria no caso de estar doente fisicamente e recuperar a saúde. Porque a racionalidade do pensamento impõe um limite no conceito cósmico que a pessoa tem". E dá o exemplo de Zaratustra, que pode ser considerado um lunático por aqueles que não acreditam nos seus ensinamentos; mas foram precisamente esses ensinamentos, quer dizer, essa piração, que permitiram a ele ser Zaratustra e passar à posteridade, criando uma maneira de contemplar o mistério do mundo. Nash, afinal, continuava comovedoramente orgulhoso da sua loucura, dessa explosão de imaginação indomada que era a chave do universo; se ele abandonara suas alucinações, era apenas porque doíam demais. Sem dúvida, quando estava alienado era incapaz de discernir a realidade e de controlar sua vida, sofrendo enormemente com tudo isso; mas, ao mesmo tempo, seus delírios eram a outra cara da sua genialidade, da sua criatividade desenfreada e maravilhosa, como se fizessem parte do mesmo lote, como se se tratasse de um dom muito lindo, mas também perverso, dos deuses. "Quando recupero a razão, fico louco", disse Julio Ramón Ribeyro nos seus diários: quando você abandona os delírios criativos, as fantasmagorias da imaginação, a realidade se torna insuportável.

Por isso dom Quixote prefere morrer. Cervantes fecha sua obra com um desenlace aparentemente convencional e retrata um fidalgo doente que, nas suas últimas horas, renega sua imaginação transbordante. No momento da verdade da agonia, ele teria visto a luz da Razão. Mas o que na realidade está acontecendo é o contrário: não é que ele esteja morrendo e por isso recupere o juízo, mas que renunciou à imaginação, daí que morra. Seus desvarios doem demais, como a Nash, e ele não tem mais forças para continuar com eles. Mas, ao contrário do matemático, também não tem forças para continuar sem eles. Uma fala do lúcido Sancho Pança revela pateticamente qual é a verdadeira tragédia à qual estamos assistindo:

— Ai! — respondeu Sancho aos prantos. — Não morra vossa mercê, senhor meu, e tome o meu conselho de viver muitos anos, porque a maior loucura que pode um homem fazer nesta vida é deixar-se morrer sem mais nem mais, sem que ninguém o mate nem outras mãos o acabem senão as da melancolia. Deixe de preguiça e levante dessa cama, e vamos para o campo vestidos de pastores, como já temos concertado; quem sabe atrás de uma moita achamos a senhora D. Dulcineia desencantada.*

Em algum lugar do seu peito ossudo, dom Quixote devia estar orgulhoso dos seus delírios.

É que nós, humanos, não apenas somos menores do que nossos sonhos, mas também do que nossas alucinações. A imaginação desenfreada é como um raio na metade da noite: abrasa, mas ilumina o mundo. Enquanto durar essa faísca deslumbrante, tentamos vislumbrar a totalidade, isso que alguns chamam Deus e que para mim é uma baleia ornada de crustáceos. Afinal de contas, talvez Rimbaud não escorregasse tanto quando aspirava a se fundir no divino. Na pequena noite da vida humana, a louca da casa acende velas.

* Tradução de Sérgio Molina para a Editora 34 (São Paulo, 2023). [N.T.]

Quinze

Não conheço nenhum romancista que não padeça do vício desmedido da leitura. Somos, por definição, bichos leitores. Roemos as palavras dos livros de maneira incessante, assim como o cupim empenha todo o seu ser em devorar a madeira. Além disso, para aprender a escrever, é preciso ler muito: por exemplo, George Eliot possuía uma cultura vastíssima e lia Homero e Sófocles em grego, e Cícero e Virgílio em latim: sou incapaz de proeza semelhante, e essa pode ser uma das razões pelas quais escrevo pior do que ela. Em seu lindo ensaio *Letra herida*, Nuria Amat propõe aos escritores uma pergunta cruel que consiste em decidir entre duas mutilações, duas catástrofes: se, por alguma circunstância que não vem ao caso, você tivesse de escolher entre nunca mais escrever ou nunca mais ler, o que escolheria? Nos últimos anos, fiz essa inquietante pergunta, como uma brincadeira, a quase todos os autores com os quais fui topando pelo mundo e descobri duas coisas interessantes. A primeira é que uma esmagadora maioria, pelo menos noventa por cento e talvez mais, escolhe (escolhemos: eu também) continuar lendo. E a segunda é que essa brincadeira em aparência inocente é uma boa reveladora da alma humana, pois tenho a sensação de que muitos daqueles escritores que dizem preferir a escrita são pessoas que cultivam mais sua própria personagem do que a verdade.

E como a gente pode se virar para viver sem a leitura? Deixar de escrever pode ser a loucura, o caos, o sofrimento; mas deixar de ler é a morte instantânea. Um mundo sem livros é um mundo sem atmosfera, que nem Marte. Um lugar impossível, inabitável. De maneira que muito antes da escrita está a leitura, e nós romancistas não passamos de leitores dispersos e transbordados da nossa ansiosa fome de palavras. Há pouco tempo escutei em público, em Gijón, a escritora argentina Graciela Cabal, em uma intervenção divertidíssima e memorável. Ela disse (embora se expressasse melhor do que eu) que um leitor tem a vida muito mais longa do que o resto das pessoas, pois não morre até acabar de ler o livro que está lendo. Seu pai mesmo, explicava Graciela, tinha demorado muito a falecer, porque quando o médico ia visitá-lo e, balançando com tristeza a cabeça, assegurava: "Desta noite não passa", o pai respondia: "Não, o que é isso, não se preocupe, não posso morrer, porque tenho que terminar *O outono do patriarca*". E, assim que o galeno ia embora, o pai dizia: "Traga um livro mais gordo".

— Enquanto isso, os colegas do papai que estavam para lá de sãos só faziam morrer, como, por exemplo, um coitado de um senhor que foi ao médico para fazer um check-up e não saiu mais — acrescentou Graciela. — É que a morte também é leitora, por isso aconselho a levar sempre um livro na mão, pois assim, quando a morte chega e vê o livro, dá uma espiada no que você está lendo, como eu faço no ônibus, e então se distrai.

Graciela tem razão: a gente não só escreve, mas também lê contra a morte. Os relatos mais maravilhosos que conheço sobre o sentido da narrativa incluem sempre essa dimensão fantasmagórica do enfrentamento contra a indesejada das gentes. Como a história-moldura de *As mil e uma noites*, a de Sherazade que conta histórias. Por certo, estou convencida de que esse livro caótico, maravilhoso e imenso, que compreende umas três mil páginas escritas ao longo de um milênio, oculta mais de uma mulher entre seus diversos autores anônimos. Porque, junto com passagens estremecedoramente machistas (as mulheres de *As mil e uma noites* são açoitadas, chutadas, escravizadas, degoladas, narcotizadas, espancadas, insultadas, raptadas e violadas aos montes), há numerosos relatos muito feministas, como as aventuras de Ibriza, a princesa guerreira, ou a bela e culminante história de Sherazade, que sem dúvida deveria ser nomeada a santa padroeira dos romancistas.

Recordemos a história: Sharyar era um monarca sassânida que reinava nas ilhas da Índia e da China, onde quer que isso seja. Seu irmão mais novo, Shahzaman, era o rei de Samarcanda, que pelo menos tem a vantagem de ser um lugar que sabemos onde fica. Um dia, Shahzaman descobriu que sua esposa o enganava com um escravizado negro (todas as *Noites* estão cheias do terror e da potência sexual dos escravizados negros) e, depois de executar ambos, foi embora ver seu irmão. Ali constatou que a esposa de Sharyar também o traía com o conhecido servo negro. Então os dois irmãos, desesperados, saíram pelo mundo. Chegando à beira-mar, viram sair das águas um *ifrite*, quer dizer, um gênio, que transportava um baú na cabeça. O *ifrite* abriu o cofre, deixou sair uma dama belíssima e depois caiu no sono. A dama descobriu os dois reis e os obrigou a fazer amor com ela ("alanceiem-me com uma potente lança"), com a ameaça de acordar o gênio caso se negassem. Depois pediu a eles os anéis, acrescentando-os a um colar no qual já estavam enfileirados outros quinhentos e setenta; e então explicou que o *ifrite* a raptara e que a mantinha prisioneira no fundo do mar enfiada em um baú; mas que ela, para se vingar, fazia amor com todos os homens que encontrava, porque "quando uma mulher deseja algo, consegue".

Sharyar e Shahzaman voltaram para a corte do primeiro horrorizados diante da maldade feminina; que o *ifrite* se dedicasse a raptar e violar donzelas, pelo contrário, os deixou imperturbados. Assim que voltaram, o rei Sharyar degolou convenientemente a esposa e seu amante, decidindo não voltar a confiar nas mulheres. De modo que todas as noites desflorava uma jovem virgem e pela manhã mandava matá-la. Transcorreram três anos nessa terrível tarefa e as pessoas do seu reino "estavam desesperadas e fugiam com suas filhas, não restando nem uma moça". Chegou um dia em que o vizir foi incapaz de encontrar uma nova virgem para seu rei, então temeu que sua hora tivesse chegado. Nesse momento, apareceu em cena a filha do vizir, Sherazade, uma moça que somava à sua beleza uma enorme cultura, porque "lera livros, histórias, biografias dos antigos reis e crônicas das nações antigas. Conta-se que chegara a reunir mil volumes".

Essa inteligente donzela se ofereceu para passar a noite com o rei assassino: "Se eu viver, tudo dará certo e, se morrer, servirei de resgate para as filhas dos muçulmanos e serei a causa da sua liberação". Ela se propôs a contar histórias ao monarca e deixar a narração no momento do clímax, de modo que o rei, movido pela curiosidade, adiasse sua execução. Para isso, requereu a ajuda da sua irmã mais nova, Dunyazade, que em outras versões é a ama de leite do rei, e que ficou encarregada de pedir a Sherazade que contasse uma história. Dunyazade representa a solidariedade das mulheres, essa cumplicidade fraternal feminina mediante a qual Sherazade aspirava liberar as mulheres. Pois o que a princesa pretendia era salvar a nós todas, e não só da degola decretada pelo rei, mas da incompreensão dos homens, da brutalidade e da violência. Nem é preciso dizer que, depois das mil e uma noites de conversa e de convivência, o rei tivera três filhos com Sherazade, se apaixonara por ela e superara seu horrível instinto assassino. De modo que a imaginação não só pode vencer a morte (ou ao menos conquistar um adiamento da pena), mas também cura, recupera, tornando-nos melhores e mais felizes.

Há outro conto-emblema, outro conto-metáfora, de que eu gosto demais, sobre a capacidade salvadora da imaginação; quem me recomendou que o lesse foi Clara Sánchez, coisa que ainda lhe agradeço. Trata da pintura e não da narrativa, mas no fundo dá no mesmo. É um conto de Marguerite Yourcenar intitulado "Como Wang-Fô se salvou" e é inspirado em uma antiga lenda chinesa. O pintor Wang-Fô e seu discípulo Ling erravam pelos caminhos do reino de Han. O velho mestre era um artista excepcional; ele ensinara Ling a ver a autêntica realidade, a beleza do mundo. Porque toda arte é a busca dessa beleza capaz de engrandecer a condição humana.

Certo dia, Wang e Ling chegaram à cidade imperial e foram detidos pelos guardas, que os conduziram diante do imperador. O Filho do Céu era jovem e belo, mas estava cheio de uma cólera fria. Ele explicou a Wang-Fô que passara a infância trancado dentro do palácio e que, durante dez anos, só conhecera a realidade exterior através dos quadros do pintor.

Aos dezesseis anos, vi se abrirem as portas que me separavam do mundo; subi até o terraço do palácio para olhar as nuvens, mas eram menos lindas do que as de seus crepúsculos [...]. Você mentiu para mim, Wang-Fô, velho impostor: o mundo não passa de um amontoado de manchas confusas, lançadas ao vazio por um insensato, apagadas sem cessar por nossas lágrimas. O reino de Han não é o reino mais lindo e eu não sou o imperador. O único império no qual vale a pena reinar é aquele em que você penetra.

Por esse desengano, por essa amarga descoberta de um universo que, sem a ajuda da arte e da beleza, se mostra caótico e insensato, o imperador decidiu arrancar os olhos e cortar as mãos de Wang-Fô. Ao escutar a pena, o fiel Ling tentou defender seu mestre, mas foi interceptado pelos guardas e degolado na mesma hora. Quanto a Wang-Fô, o Filho do Céu ordenou que, antes de ser cegado e mutilado, terminasse um quadro inacabado seu que havia no palácio. Trouxeram a pintura ao salão do trono: era uma bela paisagem da época de juventude do artista.

O ancião pegou os pincéis e começou a retocar o lago que aparecia no primeiro plano. E logo o pavimento de jade do salão começou a se umedecer. Agora o mestre desenhava uma barca e, ao longe, ouviu-se um bater de remos. Na barca, vinha Ling, perfeitamente vivo e com a cabeça bem colada ao pescoço. O entorno do trono se enchera de água: "As tranças dos cortesãos submersos ondulavam na superfície como serpentes, e a cabeça pálida do imperador flutuava como um lótus". Ling chegou à beira da pintura; deixou os remos, cumprimentou o mestre e o ajudou a subir na embarcação. E ambos se afastaram docemente, desaparecendo para sempre "naquele mar de jade azul que Wang-Fô acabara de inventar".

Só mais uma história, uma lenda belíssima, contada por Italo Calvino em seu livro de ensaios literários *Seis propostas para o próximo milênio*. Calvino a tirou de um caderno de anotações do escritor romântico francês Barbey d'Aurevilly, que, por sua vez, a tirou de um livro sobre magia; a cultura é sempre assim, camada após camada de citações sobre citações, de ideias que provocam outras ideias, crepitantes carambolas de palavras através do tempo e do espaço. A história diz o seguinte: o imperador Carlos Magno, sendo já muito velho, se apaixonou por uma moça alemã e começou a caducar de maneira penosa. Estava tão arrebatado de paixão pela jovem que descuidava dos assuntos de Estado e passava vergonha, com o conseguinte escândalo na corte. De repente, a moça morreu, coisa que encheu de alívio os nobres. Mas a situação só fez piorar: Carlos Magno ordenou que embalsamassem o cadáver e o levassem ao seu aposento, e não se separava da sua morta nem um instante. O arcebispo Turpin, espantado diante do macabro espetáculo, suspeitou que a obsessão do seu senhor tivesse uma origem mágica e examinou o corpo da garota; debaixo da língua gelada encontrou, efetivamente, um anel com uma pedra preciosa. O arcebispo tirou a joia do cadáver e, assim que o fez, Carlos Magno ordenou que enterrassem a moça e perdeu todo o interesse por ela; em vez disso, experimentou uma fulminante paixão pelo arcebispo, que era quem agora possuía o anel. Então o atribulado e acossado Turpin decidiu jogar a joia encantada no lago de Constança. E o imperador se apaixonou pelo lago e passou o resto da vida à margem dele.

Calvino conta essa lenda como exemplo de uma história bem narrada, breve, substancial e direta. Mas o que eu realmente gosto no relato é que se trata de um símbolo perfeito da necessidade de transcendência dos humanos, dessa ânsia de sair de nós mesmos e nos fundir no absoluto: um afã impossível, mas esplêndido, que basta para justificar uma vida. Inclusive a grande vida de um grande imperador. Nossa imaginação, esse talismã secreto que se oculta — que coincidência — sob a língua, investe de beleza o que toca. Sonhamos, escrevemos e criamos para isso, para tentar roçar a beleza do mundo, que é tão inalcançável como o lago de Constança. Imagino o velho Carlos Magno, sentado em uma encosta, junto à margem, envolto em um antigo manto imperial para se proteger do úmido sopro das águas e mergulhado na melancólica contemplação do seu lago-baleia. Assim passamos a vida, almejando aquilo que é maior do que nós, o pó das estrelas que um dia fomos.

Dezesseis

Por certo, se falamos de mulheres, não podemos deixar de mencionar as esposas dos escritores, uma antiga instituição literária que, felizmente, está em franco processo de extinção; e digo felizmente não porque tenha alguma coisa contra essas esposas, mas porque sua existência é a consequência de um mundo machista e arbitrário no qual as mulheres, em vez de ser algo por si mesmas, têm de se conformar em ser uma espécie de apêndice dos seus companheiros. Ou o que dá na mesma: em vez de viver para seu próprio desejo, vivem para o desejo dos outros. No Ocidente, esse esquema sexista está evoluindo em grande velocidade, e hoje há muito mais escritoras do que *mulheres de escritores*, uma mudança radical que, curiosamente, não deu origem ao espécime *esposo de escritora*. Os cônjuges das autoras, salvo raras exceções que provavelmente pertençam mais ao reino do fabuloso, fazem o que bem entendem e passam longe de colaborar no empenho criativo das suas mulheres (quando não competem diretamente com elas pelo tempo que investem no tolo hobby literário). Uma atitude que, afinal de contas, talvez não seja tão má e contribua para o equilíbrio do casal, mas que às vezes é um pouco desoladora e cansativa. Quero dizer que em mais de uma ocasião teria gostado de ter uma esposa.

Por outro lado, nem todas as mulheres que estão casadas com um literato pertencem, nem de longe, a essa categoria de antigamente. A *esposa do escritor* é aquela senhora usualmente capaz e bem-dotada que decidiu empenhar toda a sua inquietude artística e ambição (que costumam ser muito grandes) no enaltecimento do marido. Sua própria glória, como a de um satélite, dependerá do reflexo da luz do homem e, por conseguinte, ela persevera em pôr o marido sob os holofotes. A *esposa do escritor*, enfim, é uma criatura formidável capaz de desdobrar múltiplos talentos. Então passa a limpo os textos do marido (incompreensíveis, caóticos, ilegíveis para todos menos para ela), antigamente à mão, depois à máquina, agora no computador, um trabalho sempre tedioso e abnegado, assim como negocia astuta e ferreamente os interesses do seu homem com editores, agentes ou banqueiros. Ocupa-se das finanças literárias, de exigir pagamentos, de renovar contratos, arrumar as edições, vigiar as traduções, organizar as viagens, acompanhando o marido nos seus deslocamentos no papel de um *manager on road*. Encarrega-se das relações públicas, atende a imprensa, lida com os acadêmicos que propõem conferências e com os estudantes que pretendem escrever teses. Envia fotos, livros com dedicatórias, currículos, cartas, textos para a orelha dos livros, faxes, e-mails, atende o telefone, bloqueia e regula o acesso ao escritor, rodeando-o de uma bolha protetora, para que o Grande Homem possa dedicar todo o seu tempo e energia à Grande Obra. Além disso, lê uma e outra vez, todos os dias, de maneira fervorosa e incansável, todas as sucessivas versões de todos os textos do Grande Homem, comentando-os convenientemente, oferecendo seu apoio, sua admiração, seu entusiasmo e às vezes, inclusive, algum bom conselho literário. E, ainda por cima, ocupa-se de todo o resto, a saber, do serviço e governança da casa, de que o Grande Homem coma e durma bem, sem ser incomodado enquanto escreve; das crianças, se houver, e dos bichos de estimação das crianças. Algumas até compram a roupa do marido. Só de tentar enumerar suas tarefas me sinto extenuada.

As *esposas dos escritores* são frequentemente o terror dos agentes, dos editores, dos jornalistas, dos acadêmicos e às vezes até dos amigos do autor. Todos eles costumam resmungar pelas suas costas (têm muito medo delas) que Fulaninha é boa de briga e que Fulaninho, seu marido, está quase sequestrado. Por exemplo, de Mercedes, a mulher de García Márquez, cheguei a ler em um jornal ser ela "a leoa que o guarda". Leoas ou gatas, defendem com ferocidade seus direitos, duramente adquiridos com o suor da sua face. Só faltava, depois de ter dedicado toda a sua vida e inteligência a fazer crescer a obra e o nome do marido (como quem faz crescer uma plantação de milho ou cria uma vaca), os outros tentarem derrubá-lo ou ignorá-lo. Digo isso de verdade: acho justo que a *esposa do escritor* possua de algum modo o escritor, porque entre os dois construíram um animal simbiótico, o que não implica que todas as mulheres que pastoreiam um literato sejam pessoas incríveis; de fato, algumas dessas esposas superlativas são umas senhoras terríveis. Mas nunca é menos terrível o cavaleiro parasitado por elas, que se beneficia da questão, fomentando-a.

No entanto, a fama ruim quem leva são sempre elas, em geral da maneira mais injusta. Estou pensando, por exemplo, em Fanny Vandegrift, a mulher de Robert Louis Stevenson, que passou para a posteridade com a imagem de uma velha bruxa (era onze anos mais velha do que ele), de uma louca idiota que se apropriou do marido doente e o torturou com seu afã de posse e suas manias, quando a verdade é que era uma senhora fascinante e formidável, que provavelmente salvou a vida do escritor. Basta se aproximar da realidade e investigar um pouco os dados históricos (como fez Alexandra Lapierre na sua interessantíssima biografia sobre Fanny) para perceber que sua imagem ruim carece de base e é antes um produto do machismo, dos ciúmes e da incompreensão suscitada pela personalidade inovadora dessa mulher, nascida nos Estados Unidos em 1840, que foi capaz de se divorciar do seu primeiro marido quando ninguém se divorciava, de vir para a Europa e aprender pintura em um meio boêmio, de se apaixonar por um homem mais jovem e se casar com ele contra a opinião de todo mundo.

Fanny era incrível. Aos dezesseis anos foi embora do Oeste selvagem com seu primeiro marido, um mentecapto que comprara uma mina de prata. Na região, havia só cinquenta e sete mulheres brancas para quatro mil mineiros rudes e, como se isso não bastasse, de vez em quando sofriam incursões violentas dos indígenas shoshones. Durante vários anos, Fanny foi uma pioneira agreste que fumava sem parar, manuseava cartas como um jogador e levava no cinto uma pistola enorme, com a qual era capaz de explodir a cabeça de uma cascavel a muitos metros de distância. Quanto a Stevenson, quando se casaram, em 1880 (ela tinha quarenta anos; ele vinte e nove), depois de inúmeros sofrimentos e aventuras, o escritor era um doente terminal, pesando apenas quarenta e cinco quilos e com hemorragias pulmonares gigantes que o impediam de falar. De fato, ele parecia tão moribundo que o advogado de Fanny deu a eles, como presente de casamento, uma sinistra urna funerária.

Mas ele não morreu, graças, sem dúvida, aos especiais cuidados que sua mulher lhe reservava. Durante oito anos moraram na Grã-Bretanha e dessa época provém o ódio que os amigos de Stevenson desenvolveram por Fanny. Porque ela era uma enfermeira muito zelosa: obrigava todos os visitantes a mostrar seu lenço e não deixava passar ninguém que apresentasse sintomas de estar acatarrado. Era uma atitude extrema, mas ajuizada, pois o menor contágio desencadeava nele hemorragias terríveis que poderiam ser mortais. O ruim é que, como naquela época ainda não se demonstrara que as doenças podiam ser transmitidas através de micróbios, os amigos a consideraram uma louca obsessiva.

Stevenson não só conseguiu sobreviver graças à sua mulher, mas, além disso, com ela foi capaz de escrever todas as suas obras importantes, como *A ilha do tesouro* e *O médico e o monstro*. Inclusive, Fanny criticou a primeira versão de *O médico e o monstro* como carente de profundidade alegórica e sugeriu que ele reforçasse a dualidade do personagem. Stevenson ficou uma fera, xingando-a, porque, além de ter esse amor-próprio em carne viva habitual em todos os escritores, brigava frequentemente com a esposa (os dois tinham uma personalidade inflamada); mas logo depois voltou para a sala e lhe deu razão; e, após atirar o rascunho no fogo, redigiu o romance inteiro de novo. Eles viveram juntos, afinal, durante quinze anos, até a precoce e súbita morte de Robert Louis na ilha de Samoa, em consequência de uma hemorragia cerebral, em 1894. Oito anos mais tarde, a viúva Fanny voltou a refazer a vida com o dramaturgo e roteirista de Hollywood Ned Field, um rapaz esperto e bonito de vinte e três anos (ela tinha sessenta e três). Viveram felizes juntos durante onze anos, até a morte de Fanny; digo isso por causa da sua reputação de "bruxa velha". Pelo visto, na realidade foi uma mulher muito atraente e conservou seu encanto mesmo muito velha.

Outro caso clamorosamente injusto é o da coitada da Sofia Tolstói, que conseguiu conviver durante quarenta e oito anos com o energúmeno do Liev Tolstói, que era um louco feio, um indivíduo insuportável e messiânico, sem dúvida genial, mas também brutal, um profundo reacionário, um machista feroz: "Sua atitude com as mulheres é de uma hostilidade teimosa. Nada lhe apraz tanto quanto maltratá-las", disse dele Maksim Górki. Sem dúvida Tolstói maltratou Sofia, que, apesar de tudo, o amava. Cuidava dele como uma escrava, suportava seu desprezo e seus xingamentos, passava a limpo todos os seus escritos (milhares de páginas ilegíveis), dava a ele conselhos literários, recebia-o todas as noites na sua cama, engravidando dele dezesseis vezes. Sofia, que era uma grande leitora, estava certa de que o marido era um gênio e essa convicção adoçava sua vida, de resto amarga.

Seu casamento sempre foi desastroso, mas o cúmulo é que piorou. Aos quarenta e nove anos, Tolstói padeceu sua famosa crise; sofreu uma tremenda depressão, entrou em uma espécie de delírio iluminado, transformou-se em um guru e começou a pregar a abstinência sexual (embora continuasse engravidando sua mulher) e a pobreza absoluta (embora continuasse morando na sua fazenda como um paxá). Além disso, caiu nas mãos de Tchertkov, um personagem sinistro, charmoso e frio, vinte anos mais jovem do que Tolstói, que se tornou o primeiro discípulo do guru. À medida que o escritor envelhecia, Tchertkov conseguiu realizar suas vontades; é possível que Tolstói tenha se apaixonado platonicamente por ele. O intrigante Tchertkov queria se livrar de Sofia, que atrapalhava seus planos de manipulador, de maneira que malquistou e mentiu. Conseguiu que Tolstói entregasse a ele seus diários íntimos, nos quais recolhia todos os detalhes da sua longuíssima vida com Sofia e as impertinentes críticas que o escritor egocêntrico dedicava a sua mulher.

Como é natural, Sofia se desesperou: toda essa intimidade traída com um estranho, pior ainda, com um inimigo! Ela achava que tinha o direito de guardar esses diários: afinal de contas, eram a compensação de toda a sua vida dedicada a Tolstói, de uma existência de submissão. E, além disso, havia o problema da posteridade: porque Sofia sabia que haveria uma posteridade, sabia que a fama do marido sobreviveria a ela. Tinha medo de que Tchertkov usasse essas anotações ferinas de Liev contra ela, para deixá-la em maus lençóis, e o pior é que tinha razão, porque durante muitos anos, e ainda hoje, Sofia foi e é considerada uma megera, o tormento do pobre Tolstói; para compreender que foi exatamente o contrário, recomendo o belíssimo livro de William L. Shirer, *Amor e ódio*. Enfim, resumindo um longo e triste relato, direi que, por consequência de tudo isso, Sofia ficou psiquicamente doente. Tólstoi já estava pirado havia muito tempo, mas, como era o grande Tolstói, um personagem público e um famoso guru, não era possível que estivesse louco. De modo que foi ela quem se transformou na louca oficial. Durante dois anos ficou perseguindo Tolstói, desabando nua nos campos gelados, ameaçando se envenenar com ópio e amoníaco. No fim, o ancião escritor, desesperado, fugiu de casa. Andou durante cinco dias no frio inverno, pegou uma pneumonia e morreu. Assim que o marido desapareceu, Sofia deixou de estar louca. Viveu mais nove anos, administrando com sensatez as propriedades da família, escrevendo suas memórias e litigando contra Tchertkov para recuperar a posse dos papéis de Tolstói. Acabou ganhando.

Imagino que, quando essas mulheres escolhem com incrível olfato escritores de mérito, para colar neles e começar a regá-los e podá-los, com o fim de que cresçam bem lindos, o que têm em mente é um projeto muito mais romântico e cor-de-rosa. Imagino que o que a típica *esposa de escritor* deseja é se tornar sua musa e iluminar de dentro, como um farol, páginas sublimes que eles deveriam redigir pensando nela. Só que depois a realidade, como sempre acontece, faz com que a vida vá por outro caminho e, em vez de ser sua musa, a esposa do escritor se torna sua mãe, sua enfermeira, sua secretária, sua empregada, sua motorista, sua ajudante, sua agente, sua *public relations* e sabe-se lá quantas outras coisas, todas elas bastante banais e corriqueiras, mas na realidade muito mais importantes.

É que eu não acredito na existência das musas. Em primeiro lugar, penso que o murmúrio da criatividade, o sussurro do *daimon* e dos *brownies*, sempre se alcança na base do esforço (como dizia Picasso, é melhor que a inspiração te pegue trabalhando); e, além disso, estou convencida de que os *musos* e as musas mais efetivos não são os amados reais, mas as ilusões passionais. Quer dizer, a pura fabulação. Quanto mais distante, mais frustrada, mais impossível, mais irreal, mais inventada for a relação sentimental, mais possibilidade tem de servir de incentivo literário. O que se imagina aviva a imaginação, enfim, enquanto a realidade pura e dura, o ruído imediato da própria vida, é uma péssima influência literária.

Dezessete

O romance, como se sabe, é um gênero fundamentalmente urbano. As cidades são verborrágicas, cheias de explicações, de instruções administrativas, de narrações, enquanto no campo impera o silêncio; por isso, acho que o laconismo substancial da poesia está mais relacionado com o meio rural, daí que a lírica tenha entrado em crise na sociedade ocidental, cada vez mais citadina.

O romance, assim como a cidade, possui um afã de ordem e estrutura. O urbanista desenha quadras de ruas retas, dá nomes e instala placas, desenha planos e fixa sinais nas esquinas, no esforço de controlar a realidade; e o narrador tenta vislumbrar o desenho final do labirinto e ordenar o caos, dando às histórias uma aparência mais ou menos inteligível, com seu começo e seu fim, com suas causas e consequências, embora todos saibamos que na realidade a vida é incompreensível, absurda e cega. É verdade que o romance mudou muito: é um gênero vivo e, por conseguinte, em perpétua evolução. Hoje não tem sentido escrever um desses formidáveis romanções do século XIX: são firmes demais, convencionais demais para a sensibilidade atual. O século XX demoliu a certeza do real: cientistas e filósofos, de Freud a Einstein, de Heisenberg a Husserl, nos explicaram que não podíamos nos fiar no que víamos ou sentíamos, e que nem mesmo estamos certos dos pilares básicos da nossa percepção, como o tempo, o espaço e o próprio eu. Para que o romance funcione hoje em dia, para que acreditemos nele, precisa refletir essa incerteza e essa descontinuidade e, por isso, o romance atual propõe uma ordem menos férrea do que a do século XIX. Mas, ainda assim, continua ordenando o mundo; continua limitando entre suas páginas a realidade, os personagens, os destinos. Continua tornando apreensível a enormidade confusa, da mesma maneira que o plano de uma cidade pretende domesticar a superfície das coisas. Essa qualidade de flor no asfalto que a narrativa tem é o que fez dela o gênero literário preferido da época contemporânea, por mais que a cada dois dias surja alguém proclamando de maneira sisuda a morte do romance (que enfadonhos).

Com essa obsessão por ordenar, enfim, tão própria do ser humano em geral e da narrativa em particular, a quase todo mundo ocorreu alguma vez uma maneira de classificar os escritores. Os professores de literatura e demais eruditos universitários inventaram um monte de etiquetas, em geral, me perdoem, chatérrimas. Contudo, os escritores também adoram fazer classificações, que certamente são mais arbitrárias, porém costumam ser mais divertidas. Por exemplo, Italo Calvino divide os autores entre os escritores da chama e do cristal. Os primeiros constroem sua obra a partir das emoções; os segundos, da racionalidade. O húngaro Stephen Vizinczey diz que há duas classes básicas de literatura: "Uma ajuda a compreender, a outra ajuda a esquecer; a primeira ajuda a ser uma pessoa e um cidadão livre, a outra ajuda as pessoas a manipular os outros. Uma é como a astronomia; a outra, como a astrologia" (esse parágrafo me lembra aquela frase que Kafka disse com vinte anos: "Se o livro que lemos não nos acorda, como um punho que atinge o crânio, para que o lemos?").

De novo Calvino, que era muito prolífico nessas coisas: os escritores podem se dividir entre aqueles que usam a leveza da palavra e aqueles que usam o peso da palavra (Cervantes pertenceria ao setor leve). Já citei a incrível comparação zoológica de Isaiah Berlin, que divide os autores entre raposas e porcos-espinhos. Juan José Millás propõe outra engenhosa classificação animal e diz que os escritores podem ser insetos ou mamíferos. Para sermos exatos, são as obras que entram nessas categorias e, embora os autores pertençam majoritariamente a um ou outro registro, também podem escrever às vezes um livro do outro tipo; como por exemplo Tolstói, que era um elefante enorme, mas escreveu *A morte de Ivan Ilitch*, um pequeno e lindo livro-inseto. E a essa altura suponho que já vai ficando claro a que Millás se refere com suas ordens animais; são mamíferos aqueles romances enormes, pesados, potentes, com erros evolutivos que não servem para nada (rabos atrofiados, sisos absurdos e coisas assim), mas, no conjunto, grandiosos e magníficos; enquanto os insetos são aquelas criações exatas, perfeitas, pequenas, enganosamente simples, essenciais, nas quais nunca sobra nem falta nada. E oferece dois exemplos: *A metamorfose*, de Kafka, que é evidentemente um escaravelho, e o *Ulysses*, de Joyce, que Millás elege como mamífero emblemático e que para mim é mais um réptil, um crocodilo rasteiro que mal consegue se levantar sobre as quatro patas, sendo um romance que só me interessa, e não muito, como artefato modernista.

Existem centenas de classificações além dessas, tantas que seria impossível enumerar todas. Eu também inventei minhas próprias categorias: uma delas, por exemplo, é a que divide os escritores entre memoriosos e amnésicos. Os primeiros são aqueles que ficam fazendo alarde constante da sua memória; provavelmente são seres nostálgicos do seu passado, quer dizer, da sua infância, que é o passado primordial e originário; seja como for, os memoriosos compartilham um estilo literário mais descritivo, reminiscente, cheio de móveis, objetos, cenários carregados de significado para o autor e desenhados por ele nos mínimos detalhes, pois se referem a coisas reais petreamente instaladas na lembrança: cadeiras entalhadas, vasos venezianos, merendas de verão, em parques aprazíveis.

Já os autores amnésicos não querem ou não conseguem lembrar; decerto fogem da sua própria infância e sua memória é como um quadro mal apagado, cheio de borrões incompreensíveis; nos seus livros há poucas descrições detalhadas e costumam ter um estilo mais seco, mais cortante. Concentram-se mais na atmosfera, nas sensações, na ação e na reação, no que é metafórico e emblemático. Um autor obviamente memorioso é o grande Tolstói (um escritor tão monumental que pode servir como exemplo de muitas coisas); um autor amnésico é o maravilhoso Conrad de *O coração das trevas*, um romance que, apesar de reproduzir quase ponto por ponto uma experiência real do escritor, não tem nada a ver com a rememoração autobiográfica: quando Conrad fala da selva não está descrevendo a selva do Congo Belga, mas A Selva, como categoria absoluta, e nem sequer isso, pois essa mata enigmática e horrivelmente ubérrima representa a escuridão do mundo, a irracionalidade, o mal fascinante, a loucura.

Adoro ambos os autores, mas se um dia um *ifrite* bondoso me concedesse o dom do gênio literário, preferiria mil vezes escrever como Conrad a como Tolstói, provavelmente porque me sinto muito mais próxima da sua maneira de contemplar o mundo. Também sou uma amnésica perdida; do que se deduz, suponho, que também estou fugindo da minha infância. Seja por essa razão, ou apenas porque meus neurônios estão deteriorados, a verdade é que minha memória é uma catástrofe, a ponto de que chego a me assustar com meus esquecimentos. Livros lidos, pessoas e situações que conheci, filmes vistos, dados que algum dia aprendi, tudo se confunde e se embaralha aqui dentro. De fato, transcorrido certo tempo, digamos vinte anos, de algo de que me lembro, às vezes me é difícil distinguir se o vivi, sonhei, imaginei ou quem sabe escrevi (o que indica, por outro lado, a força da fantasia: a vida imaginária também é vida).

Em *Matar a Víctor Hugo: Memoria de periodista*, o primeiro volume das suas memórias, o jornalista e poeta Iván Tubau conta que a morte de Franco o pegou no festival de cinema de Benalmádena. O também jornalista Juan Ignacio Francia bateu na porta do seu quarto às seis e meia da manhã; vinha lhe comunicar que o general havia morrido e pedir a garrafa de champanhe que os amigos tinham colocado na geladeira de Tubau, prevendo o acontecimento. No livro, Francia diz ao sonolento Iván:

> Vamos à praia festejar. Com a Rosa Montero, que já está pronta. E os dois sevilhanos. Combinamos de pegá-los no apartamento dele, um pouco mais embaixo na ladeira, tá? No seu Citroën ou no Mehari da Rosa. Acho que nós cinco vamos caber melhor no Mehari.

E Tubau continua dizendo:

> Fomos os cinco para a praia no Mehari da Rosa, fumamos uns baseados, bebemos champanhe, tiramos fotos com a câmera de um dos sevilhanos. Nunca os vimos de novo. Nem vimos as fotos. Talvez seja melhor assim, mas às vezes me bate uma curiosidade. Acho que em uma das fotos Rosa e eu, ou Ignacio e eu — em qualquer uma das hipóteses eu, mea-culpa —, fazemos o V da vitória. Ainda me dá vergonha cada vez que penso nisso.

Tenho certeza de que Iván Tubau sabe o que diz quando conta tudo isso (sem dúvida esse homem pertence ao gênero memorioso, que sujeito), mas, quando li, fiquei horrorizada, pois não me lembrava de absolutamente nada. Sei que no momento da morte de Franco eu estava cobrindo o festival de Benalmádena para a revista *Fotogramas*; sei que o festival foi interrompido pelo luto oficial de alguns dias; lembro-me perfeitamente de Juan Ignacio e Iván, dois caras incríveis com quem eu saía bastante naquela época, e guardo, inclusive, a vaga memória de um almoço feliz ao sol com amigos, na varanda de algum pé-sujo, devorando peixinhos fritos e aproveitando uma sensação de liberdade e alívio, de emocionada e borbulhante expectativa. Mas daquela ida à praia não resta o menor rastro na minha cabeça; não tenho a menor ideia de quem seriam esses dois sevilhanos, nem tinha ciência de que houvessem tirado uma foto minha nesse dia. No entanto — e para maior arrepio meu —, era uma data única, um acontecimento histórico. Tenho certeza de que, enquanto brindava com champanhe junto ao plácido mar, dizia a mim mesma: "Nunca mais vou me esquecer disso". É assim que vão se perdendo os dias e a vida, no precipício da desmemória. A morte não só te espera no final do caminho, mas também te devora pelas costas.

Enfim, como diz a famosa frase, "quem se lembra dos anos 1970 é porque não os viveu". Acho que eu os vivi bastante a fundo e quem sabe por isso me lembre deles tão mal. Além disso, às vezes também recorro a uma teoria pessoal provavelmente sem sentido, mas consoladora: penso que talvez a imaginação dispute com a memória para se apoderar do território cerebral. É possível que a gente não tenha cabeça suficiente para ser ao mesmo tempo memorioso e fantasioso. A louca da casa, inquilina diligente, limpa as salas de lembranças para ficar mais à vontade.

Há um tempo, um frenesi rememorativo tomou conta de mim. De repente, senti uma necessidade imperiosa de voltar a ver a casa da minha infância, um apartamento modesto e alugado no qual morei com minha família dos cinco aos vinte e um anos, idade em que me emancipei. Pouco depois, meus pais e Martina se mudaram. Outras pessoas chegaram e moraram ali; eu não tinha voltado a ver a casa durante vinte e cinco anos. Mas agora *precisava* voltar; embora o lugar estivesse muito mudado, as paredes continuavam existindo, bem como o estreito pátio que eu contemplava da janela do meu quarto; e talvez algum pedacinho do meu antigo eu flutuasse ainda por ali como o ectoplasma de um fantasma. De modo que escrevi uma carta dirigida aos "inquilinos atuais", pois ignorava tudo sobre os ocupantes, na qual explicava que eu tinha morado ali e pedia que por favor me deixassem visitá-los. Pouco depois recebi por e-mail a resposta generosa e amável dos donos do apartamento, José Ramón e Esperanza, e combinei uma data para ir vê-los. Não sei o que esperava encontrar: talvez minha memória perdida de perfeita amnésica, talvez minha ignorância infantil ou o silêncio da família. Marcamos ao meio-dia; a portaria continuava igual, inclusive com as mesmas faixas pintadas nas paredes, mas o elevador era novo; já nos meus tempos era uma lata-velha que vivia quebrada. Subi na pequena caixa do elevador, metálica, de cor verde hospital, e de fato me sentia como se estivesse entrando em um e fosse fazer uma pequena cirurgia: extirpar uma reminiscência, suturar uma lembrança. O apartamento, no sétimo e último andar, conservava a estrutura original, mas, como é natural, não tinha nada a ver com a casa da minha infância. O piso, antes de lajotas, era de madeira; as velhas janelas de madeira tinham sido substituídas por molduras metálicas. O banheiro e a cozinha eram bonitos e modernos, quando na minha infância haviam sido tétricos e escuros. Era uma casa iluminada e feliz, a casa dos outros, a vida dos outros. José Ramón e Esperanza, um casal da minha idade, com duas filhas de uns vinte anos, foram afetivos, compreensivos, encantadores. Esperanza, com fina intuição, chegou a dizer: "Deveríamos deixá-la sozinha". É verdade que eu os sentia como intrusos; aquela casa era minha, porque era a casa da minha infância. Pouco importava que eu só tivesse morado ali durante dezesseis anos e eles, durante vinte e cinco; ou que eles a tivessem comprado e reformado, enquanto nós só a alugávamos. Qualquer consideração racional me parecia absurda: aquela casa era MINHA. E, por outro lado, o que esses arrivistas tinham feito com ela, onde estava meu velho lar, onde estava eu, o que acontecera conosco? Tentei voltar a me pôr nos meus antigos olhos de menina para ver o mundo dali, mas não consegui. O passado não existe, por mais que Marcel Proust diga o contrário. Quando estava prestes a ir embora, depois de ter bebido umas cervejas com eles e de ter conversado naquela sala alheia, Esperanza me disse que, debaixo da madeira, se mantinham intactas as lajotas velhas. O piso original, com sua faixa geométrica em torno das paredes! Esse desenho fizera parte de muitas das minhas brincadeiras infantis, aparecera em uma cena do meu romance *Te tratarei como uma rainha* e fora a origem de outro livro, *Temblor* [Tremor]. Fiquei impressionada e imediatamente minha imaginação encenou uma fantasia: eu voltando de noite de modo furtivo e arrancando as tábuas de madeira para trazer à luz a única coisa que restava da minha infância: umas lajotas feias de varanda barata. E esse devaneio foi um verdadeiro alívio.

O romance é um artefato temporal, como a vida mesma. Essa é outra das características que unem a narrativa e a cidade; como se sabe, o conceito moderno do tempo nasceu mais ou menos no século XII, com os primeiros núcleos urbanos. O romance é uma rede para caçar o tempo, como as que Nabokov levava para caçar borboletas; embora, infelizmente, tanto os lepidópteros como os fragmentos de temporalidade morrem assim que são capturados.

Alguns autores são realmente geniais na hora de capturar o frágil borboletear do tempo. Lembro-me, por exemplo, dessa obra-prima que é *Espelho partido*, de Mercé Rodoreda.

O romance abarca sessenta ou setenta anos da vida de uma família burguesa catalã; no primeiro terço do livro, um dos personagens, ainda jovem e inocente, contempla a rua por uma janela e percebe, de passagem, uma pequena imperfeição no vidro, uma bolha que o deforma, a mancha do açafrão que faz com que essa janela adquira realidade. Muitos anos e muitas páginas depois, envelhecido e decadente, contempla de novo o mundo por outra janela. Mas eis que esse vidro também tem um defeito, também mostra uma pequena bolha, que lembra ao protagonista alguma coisa, embora ele não saiba o quê. Onde foi que ele viu antes algo parecido? Ele espreme a cabeça, mas não consegue lembrar, embora a bolha de ar o inquiete e o arrepie, trazendo de volta paraísos perdidos, promessas traídas, felicidades rompidas. É um mensageiro do passado, carregado de dor e de melancolia. E o maior, o mais maravilhoso, o truque admirável dessa delicada prestidigitadora que foi Rodoreda é que o leitor sente a mesma coisa que o personagem; também rememora vagamente outra bolha cristalina que aparecera antes no romance e, embora não lembre quando nem por quê, sente que estava relacionada com um tempo de alegria que agora acabou. Consequentemente, o leitor também experimenta a nostalgia infinita, a amarga tristeza da perda.

Todos os escritores almejam capturar o tempo, desacelerá-lo pelo menos por alguns momentos em uma pequena armadilha de castor construída com palavras; às vezes o tempo forma ao seu redor um redemoinho e permite contemplar uma ampla e vertiginosa paisagem ao longo dos anos. Lembro que senti algo assim, por exemplo, lendo *Eremita em Paris*, livro autobiográfico de Italo Calvino. Como já disse, o volume inclui o diário que Calvino escreveu em 1959, aos trinta e dois anos, durante sua primeira viagem aos Estados Unidos. A viagem fazia parte de um programa cultural americano intitulado Young Creative Writers, que se encarregava de levar para lá "jovens escritores criativos" da Europa. Os outros beneficiados com a bolsa naquele ano tinham sido Claude Ollier, francês, trinta e sete anos, representante do insuportável *nouveau roman*; Fernando Arrabal, espanhol, vinte e sete anos, "baixinho, com cara de menino, franja e barba na forma de colar", e Hugo Claus, belga flamenco, trinta e dois anos. Além disso, havia outro convidado, Günter Grass, alemão, trinta e dois anos, mas ele não passou no exame médico porque tinha tuberculose e naquela época ninguém podia entrar nos Estados Unidos com o bacilo de Koch.

No seu diário, Calvino descreve os colegas, que ninguém ou quase ninguém conhecia naquela época. De Ollier quase não diz nada, o que não me estranha. De Arrabal (me assombra comprovar que esse homem tenha sido jovem) anota que "é extremamente agressivo, piadista de maneira obsessiva e lúgubre, e não se cansa de me bombardear com perguntas sobre como é possível que eu me interesse pela política e também sobre o que pode fazer com as mulheres". E de Hugo Claus diz que

> começou a publicar com dezenove anos e desde então escreveu uma quantidade enorme de coisas, sendo para a nova geração o escritor, dramaturgo e poeta mais famoso da área linguística flamenco-holandesa. Ele mesmo diz que muitas dessas coisas não valem nada, mas é um pouco menos estúpido e antipático, um homenzão loiro, com uma belíssima mulher, atriz de revista.

É muito curioso se deparar com essas aparições juvenis de pessoas com as quais você teve contato tantos anos mais tarde. Com o tempo, Arrabal foi se tornando menor e mais barbudo, estabelecendo relações com a Virgem; já Hugo Claus continua sendo um figurão, perpétuo candidato ao Prêmio Nobel. Eu o conheci faz alguns anos, estivemos juntos em algum jantar e em algum evento literário, e agora é um simpático e enérgico septuagenário de cabelos brancos que deve ter colecionado várias belas mulheres. Mas o mais fascinante é que, durante a travessia que os levava aos Estados Unidos, se produziu o lançamento do primeiro *Sputnik*; e Calvino conta, de passagem, que, quatro horas depois do acontecimento, Hugo Claus já escrevera um poema sobre o satélite "que imediatamente saiu na primeira página de um jornal belga". Pois então, essa pequena referência foi para mim como a madeleine proustiana ou a bolha vítrea de Mercé Rodoreda: imediatamente situei o período temporal e fui introduzida na memória alheia. Porque uma das lembranças mais belas da minha infância está datada no Natal de 1959. Eu tinha oito anos e ainda convalescia da tuberculose, mas naquele dia saí para a rua, embrulhada em um cachecol e bem agasalhada, porque era véspera de Natal e íamos jantar na casa da minha avó. Estava subindo pela Reina Victoria de mãos dadas com minha mãe, com meu pai e minha irmã Martina do lado, quando, de repente, paramos e contemplamos o céu. Quer dizer, a rua toda parou e olhou para cima. Era noite fechada, uma noite gelada, quieta e cristalina, com o céu abarrotado de estrelas. De repente, a mão de um homem se ergueu e um dedo apontou, e em seguida outras mãos se ergueram, talvez a do meu pai, talvez inclusive a minha; e todos os dedos apontaram a mesma coisa, uma estrela mais brilhante que atravessava o céu, uma estrelinha redonda que corria e corria, só que não se tratava de uma estrela, mas de um satélite artificial, de algo maravilhoso e monumental que nós, humanos, fizéramos; e nesse exato momento, enquanto eu derretia de deleite contemplando essa magia e sonhava em viajar algum dia em um *Sputnik*, o jovem Hugo Claus, quem eu conheceria velho, escrevia um poema sobre a estrela errante, e o jovem Calvino, que já morreu, escrevia sobre o poema que Claus escrevia, e o jovem Günter Grass, tuberculoso como eu e deprimido por ter perdido sua bolsa, certamente contemplava o satélite com olhos admirados, sem saber que um dia faria um grande romance sobre um anão (justamente um anão) e que ganharia o Nobel, chegando pelo menos aos setenta e cinco anos, que é a idade que ele tem agora, enquanto escrevo isto. Mas naquela noite de 1959 eu ignorava tudo, naquele noite eu simplesmente olhava o céu absorta, junto com meus pais e minha irmã e outros dois milhões de madrilenhos; e as estrelas derramavam sobre nós uma luz provavelmente fantasmal, a luz de estrelas mortas faz trilhões de anos e que ainda nos chega palpitando através do espaço negro e frio; essa mesma luz que talvez continue passando por nós daqui a muito tempo, quando nosso Sol já tiver se apagado e a Terra for um rijo pedregulho. E essa luz impassível e impossível, que, por sua vez, algum dia também se extinguirá, levará aceso, como um sopro, o reflexo infinitamente imperceptível do meu olhar.

Dezoito

Quando comecei a imaginar este livro, pensava que seria uma espécie de ensaio sobre a literatura, sobre a narrativa, sobre o ofício do romancista. Projetava escrever, enfim, mais uma dessas inúmeras obras tautológicas que consistem em escrever sobre a escrita. Depois, como os livros têm vida própria, suas necessidades e seus caprichos, a coisa foi se transformando em algo diferente, ou melhor, outro tema foi sendo acrescentado ao projeto original: eu não só trataria da literatura, mas também da imaginação. E, de fato, esse segundo ramo se tornou tão poderoso que, de repente, se apoderou do título do livro. A gênese do título de uma obra é um processo muito enigmático. Se tudo funciona bem, o título aparece um dia no meio do caminho do desenvolvimento do texto; manifesta-se de repente dentro da cabeça, deslumbrante, como a língua de fogo do Espírito Santo, e esclarece e ilumina o que você está fazendo. Diz coisas sobre seu livro que você antes ignorava. Eu fiquei sabendo que estava escrevendo sobre a imaginação quando caiu sobre mim a frase de Santa Teresa.

Mas as coisas não terminaram aí. Continuei com meu caminho de palavras, com essa longa andança que é a construção de um texto, e um dia, faz relativamente pouco tempo, percebi que eu não só estava escrevendo sobre a literatura e sobre a imaginação, mas que este livro também trata de outro tema fundamental: a loucura. Claro, disse a mim mesma quando me dei conta, era algo evidente, tinha de ter ficado mais atenta, tinha de ter escutado todos os ensinamentos que derivam do título. *A louca da casa*. Não é uma frase casual e, sobretudo, não é uma frase banal. Sem dúvida, a imaginação está estreitamente aparentada com o que chamamos loucura, e ambas com qualquer tipo de criatividade. E agora vou propor uma teoria alucinada. Suponhamos que a loucura é o estado primigênio do ser humano. Suponhamos que Adão e Eva viviam na loucura, que é a liberdade e a criatividade total, a exuberância imaginativa, a plasticidade; a imortalidade, porque carece de limites. O que perdemos, ao perder o paraíso, foi a capacidade de contemplar essa enormidade sem nos destruírmos. "Se das estrelas agora chegasse o anjo, imponente/ e descendesse até aqui/ os golpes do meu coração me abateriam", dizia Rilke, o qual sabia que nós, humanos, somos incapazes de olhar a beleza (o absoluto) de frente. O castigo divino foi cair no cárcere do nosso próprio eu, na racionalidade manejável, mas empobrecida e efêmera.

Por isso os seres humanos usaram drogas desde o princípio dos tempos: para tentar escapar da prisão estreita da cultura, dando uma espiada no paraíso. Até nosso arquiavô Noé desmaiava de tanto beber! Lembro-me agora de Aldous Huxley, que, no seu leito de morte, agonizante, pediu que lhe injetassem uma dose de LSD. Sempre me horrorizou essa ideia macabra e arriscada de morrer sob efeito de ácido. Mas, além disso, se ao falecer estava para lá de drogado, será que chegou a experimentar de verdade seu fim? Não estaria já do outro lado, nessa realidade imensa onde ninguém morre? De fato, dizem que, com ou sem LSD, em todo falecimento acontece algo parecido; o cérebro libera uma descarga massiva de endorfinas e drogamos a nós mesmos, daí que todas as pessoas que voltaram das fronteiras da morte contem vivências semelhantes: a intensidade, a amplitude de percepção, a própria existência vislumbrada na sua totalidade, como se iluminada por um raio sobre-humano de entendimento… É uma espécie de delírio, mas é também a sabedoria sem travas. É a baleia contemplada inteira. Por isso, muitos povos consideraram os loucos como seres iniciados no segredo do mundo.

Seja como for, não é preciso morrer nem se transformar em um louco oficial, sendo trancado em um manicômio, nem se drogar como o junkie mais largado, para vislumbrar o paraíso. Em todo processo criativo, por exemplo, se toca essa visão descomunal e alucinante. E também entramos em contato com a loucura primordial cada vez que nos apaixonamos intensamente. Eis outro tema sobre o qual este livro trata: a paixão amorosa. Ele está intimamente relacionado com os outros três, porque a paixão talvez seja o exercício criativo mais comum da Terra (quase todos nós já nos inventamos algum dia um amor) e porque é nossa via mais habitual de conexão com a loucura. Em geral, nós, humanos, não nos permitimos outros delírios, mas o amoroso, sim. A alienação passageira da paixão é uma maluquice socialmente aceita. É uma válvula de segurança que nos permite continuar sendo lúcidos em todo o resto.

É que as histórias amorosas podem chegar a ser francamente estrambóticas, verdadeiros paroxismos da imaginação, melodramas românticos de paixões confusas. Ao longo da minha vida inventei umas tantas relações assim e agora vou me permitir narrar uma delas, como exemplo de até onde a fantasia (e a loucura) pode te levar. Aconteceu faz muito tempo, tempo demais, pouco antes da morte do ditador. Eu tinha vinte e três anos e colaborava de Madri na revista *Fotogramas*. Meu guarda-roupa era composto de dois pares de calças jeans, uma saia florida desleixada, umas botas rústicas um tanto encardidas, quatro ou cinco camisas indianas transparentes e uma grande bolsa com franja. Quero dizer que eu era mais para hippie, tanto quanto era possível ser hippie em 1974 na Espanha de Franco, o que significava que eu estava mais ou menos convencida de que, todos juntos, podíamos mudar o mundo de cima a baixo. Era preciso tomar drogas psicodélicas para romper com a visão burguesa e convencional da realidade; era preciso inventar novas formas de se amar e de se relacionar, mais livres e mais sinceras; era preciso viver com uma bagagem leve, com poucas posses materiais, sem se apegar ao dinheiro.

Aquele mês de julho de 1974 foi especialmente calorento, com um sol saariano que derretia até o último fio de cabelo. De noite, o corpo se recuperava da tortura diurna e começava a irradiar fome de vida. Essas noites do verão de 1974, com Franco já muito velho, estavam carregadas de eletricidade e de promessas. Em uma dessas noites, saí para jantar com minha amiga Pilar Miró, com seu namorado daquela época, um cineasta estrangeiro que estava rodando um filme na Espanha, e com M., o protagonista desse filme, um ator europeu muito famoso que triunfara em Hollywood. M. tinha trinta e dois anos; não era muito alto, talvez um metro e setenta e cinco, mas era um dos homens mais lindos que eu já vira. Seus olhos eram tão azuis e abrasadores como um maçarico; as maçãs do seu rosto eram altas e marcadas; sua constituição era atlética e seu peito, uma rígida almofada de borracha (o que percebi ao apoiar ligeiramente a mão quando lhe dei os beijos de boas-vindas), esses deliciosos peitorais sólidos e elásticos. Além disso, era tímido, calado, melancólico. Ou isso me explicou Pilar quando ligou para me perguntar se eu queria jantar com eles:

— O coitado do M. está muito triste e muito sozinho. Como você sabe, ele acabou de se separar da mulher e, mesmo sendo tão lindo, não consegue ficar com ninguém. É um cara muito reservado, mas encantador.

De maneira que, na realidade, eu fui para o jantar como possível objeto de pegação; foi um encontro tacitamente arranjado. Fui numa boa, curiosa e divertida, intrigada com as descrições de Pilar. M., de fato, falava bem pouco, mas era impossível discernir se seu laconismo era uma questão de caráter ou uma consequência do fato de que a gente não conseguia se entender, porque ele não falava espanhol e meus conhecimentos de inglês naquela época se reduziam a algumas canções de Dylan e dos Beatles, balbuciadas de ouvido, soltando barbarismos. Apesar dessa dificuldade monumental, a noite transcorreu bastante bem, com Pilar e seu namorado carregando a conversa nas costas. Jantamos opiparamente, depois fomos beber e acabamos a noite em uma discoteca. A essas alturas da madrugada e da dança, já não era necessário conversar: nossos corpos assumiram todo o diálogo. Presa nos seus braços, afundando o nariz no cheiro febril e macio do seu peito gostoso, eu gozava desse momento mágico que consiste em se sentir desejada por um homem que você deseja ardentemente. Toda a minha consciência estava inundada pela sensação de plenitude, mas por baixo, agora me dou conta, também se agitava uma vaga inquietude, um pequeno incômodo que preferi ignorar.

Pilar e seu namorado afinal foram embora e nós, sem nem precisarmos perguntar nada, fomos no meu carro, o velho Mehari mencionado por Iván Tubau, para o apartamento que a produtora alugara para M. na Torre de Madri, o orgulhoso arranha-céu do franquismo. Era sábado e, quando chegamos à Plaza de España, havia um monte de veículos estacionados sobre a calçada. A duras penas, encontrei um pequeno buraco entre eles e também deixei o carro ali. Apesar da hora, os jardins da praça estavam cheios de gente, como se fosse um dia de feriado. Era o calor e o veneno delicioso das noites de julho. Subi até o apartamento de M., mais embriagada pela intensidade da noite do que pelo álcool. Demoramos para chegar: o interior da Torre era um labirinto de elevadores e de escadas, e o apartamento ficava em um dos últimos andares. Lembro que estávamos com tanto tesão que mal deu tempo de fecharmos a porta; lembro que jogamos a roupa pelo chão e que nós mesmos rodamos pelo carpete durante um longo tempo antes de nos arrastarmos até a cama. Lembro, como frequentemente acontece em um primeiro encontro, sobretudo quando há muito desejo, quando se é tímido, quando se é jovem e quando não existe muita comunicação, que o ato sexual foi desajeitado, cheio de cotoveladas e pernas no lugar errado. Seu corpo era um banquete, mas acho que a coisa não deu muito certo.

Depois M. cochilou, enquanto do outro lado das janelas amanhecia. Deitada ao seu lado, suada e desconfortável, presa por um braço de M. que amassava meu pescoço, eu contemplava o quarto enquanto ia sendo inundado por uma luz leitosa; e na nudez dessa claridade tão insípida, no frenesi obsessivo das insônias, comecei a me sentir francamente mal. Você desempenhou o papel mais convencional, mais burguês do mundo, disse a mim mesma: a tonta que fica com o famoso. Se a gente nem sequer se entende! O que diacho ele pode ter gostado em mim? É que, nessa época, como acontece com tantos jovens, eu era uma pessoa muito insegura sobre meu corpo e acreditava que minha única atração eram as palavras. Mas se a gente mal tinha se falado, por que ele tinha ficado comigo? Porque estava previsto, respondi; porque eu era essa garota, uma garota qualquer, dessas que vão para a cama com figurões como ele. M. não era um homem reservado e um grande tímido, mas um machista insensível e um cretino. Comecei a me sentir tão idiota que teria batido com a cabeça na parede.

Em vez de fazer isso, decidi fugir e, contorcendo-me como um fenômeno de circo, consegui sair de debaixo do pesado abraço de M. sem que ele acordasse. Descalça e sigilosa, catei a roupa do chão e me vesti rapidamente. Dois minutos depois, estava fechando a porta do apartamento atrás de mim, cansada e confusa, com a boca pastosa e o ânimo pelo chão. Desci pelos diversos elevadores como um autômato e, ao chegar à rua, o dia bateu em mim com todo o seu esplendor. Eram dez e pouco da manhã e o sol perfurava o asfalto. Diante de mim, sobre a ilha central da Plaza de España, meu Mehari vermelho era um berro de ilegalidade. Não restava nenhum outro veículo na calçada: só minha pequena lata-velha, desengonçada e suspeitamente contracultural, com a lona do capô empoeirada e rasgada. Em torno do Mehari, um enxame de *grises*, os temíveis policiais franquistas, farejavam e libavam como abelhões. Primeiro acreditei que fosse uma miragem, um delírio induzido pelo sol que me cegava. Depois tive de admitir que era real. Meus joelhos falharam. Meus joelhos sempre tremiam diante dos *grises* durante o franquismo.

Fiz rápidas conjecturas, tentando encontrar alguma saída para a situação. Mais tarde compreendi que seria melhor se tivesse ido embora na ponta dos pés e depois denunciado o desaparecimento do carro, como se tivesse sido roubado. Mas eu estava sem dormir, minha cabeça explodia, me sentia tonta e meu cérebro funcionava em câmara lenta. De modo que tomei a decisão de me aproximar e foi fatal.

Assim que os cumprimentei e observei como os policiais me olhavam, comecei a intuir que tinha me enganado. Eu não levara em conta minha aparência, que, no melhor dos casos, era suspeita, pois no franquismo tudo era suspeito (como meus jeans surrados, a camisa indiana semitransparente sem nada por baixo, o cabelo frisado com uma permanente afro), e que agora, além disso, apresentava um inequívoco toque macilento das noites de farra, com o cabelo ressecado e restos de maquiagem sujando o rosto. Meus confusos balbucios também não melhoraram a impressão produzida:

— Estacionei aqui ontem de noite, estava cheio de carros, não percebi que era proibido, bebemos um pouco, fui dormir na casa de uma amiga...

Os *grises* tinham a expressão tão cinzenta quanto seus uniformes. Desde que uma bomba do ETA havia estourado Carrero Blanco meio ano antes, as forças de segurança estavam especialmente paranoicas.

— Documentos — grunhiram.

Enfiei a mão na bolsa com franja e, apesar do calor crescente da manhã, um arrepio gelado começou a descer pela minha espinha. Não encontrei nem a carteira nem as chaves. Lembrei que, quando entrei no apartamento de M. umas horas antes, estava com as chaves na mão e devo ter perdido no frenesi e na urgência da carne. Quanto à carteira, eu também jogara a bolsa no carpete de qualquer maneira (antes de sair a peguei do chão) e, como a bolsa não tinha fecho, certamente a pesada carteira cheia de moedas rolara para fora. Ao ir embora do apartamento, em meio ao sigilo, à fúria, ao atordoamento e à penumbra das persianas baixas, não percebera nada faltando.

— Pois então… é que agora não estou encontrando a carteira… Nem as chaves… Acabei… acabei de visitar um amigo ali na Torre de Madri e devo ter deixado lá. Posso atravessar e subir para pegar — pigarreei com a garganta seca.

Os *grises* se encapotaram um pouco mais. Por momentos ficavam mais altos, carrancudos e temíveis.

— Não acabou de dizer que dormiu na casa de uma amiga? E agora está dizendo que esteve aqui em frente, com um amigo? — argumentou um deles com um tonzinho sarcástico e ares de agudo detetive: — Quem é esse amigo e onde ele mora?

Eu já estava achando bastante calamitoso ter de aparecer de novo na casa de M. para pegar minhas coisas, mas com a pergunta do policial me dei conta de outro pequeno detalhe catastrófico: não sabia qual era o apartamento nem em que andar ficava. Devo ter empalidecido. Gemi, gaguejei, sem ar, e expliquei como pude que ele era um ator muito famoso (não conhecem?) e que só precisávamos perguntar para o porteiro e subir, para recuperar minhas coisas e me identificar, pagando a multa pelo estacionamento proibido, obviamente, e irmos cuidar da nossa vida com tranquilidade.

Acho que não colou muito, porque dois dos policiais me acompanharam até a Torre, sendo que um deles me segurava firmemente pelo antebraço. Eu me aproximei do porteiro, que nos observava com notória desconfiança atrás de um balcão de mármore verde-escuro sinistro, estilo panteão de El Escorial. Perguntei por M. Não o conhecia. Descrevi M. com riqueza de detalhes, enumerando todos os filmes estreados na Espanha, dei o nome da produtora. Ele não fazia ideia. Era folguista, vinha só nos fins de semana, estava trabalhando desde as seis da manhã e não me vira entrar no prédio. E sair? Sem dúvida tinha me visto sair, vinte minutos antes. Ah, disso não tinha registro. Como era natural, não se preocupava tanto com os que saíam quanto com os que entravam, por uma questão de segurança. A essa altura, o porteiro do prédio, um quarentão teimoso, já tinha estabelecido uma relação de confiança com os dois policiais. Eram colegas e os três estavam contra mim, cada vez mais inquietos e suspicazes. Nas ditaduras, você é sempre culpado, e é sua inocência que você precisa demonstrar.

De modo que o guarda que me segurava pelo braço me arrastou de volta para o carro. No intervalo, mais *grises* tinham aparecido; agora eram pelo menos uma dezena, sendo que um dos recém-chegados devia ser um chefe importante, porque todos se dirigiam a ele com muitos obséquios. Começaram a lhe contar respeitosamente minha peripécia: "Diz que esqueceu a carteira e os documentos em um apartamento… Diz que não lembra qual apartamento… Incorreu em contradições…". Essa era a conversa quando um dos policiais mais jovens, um rapazinho rústico que mal tinha vinte anos, desses que na universidade chamávamos paternalistamente de *desertores do arado*, começou a revistar meu carro, no qual, aliás, não havia muito para ver. Era uma espécie de jipe de plástico vermelho; como era verão, eu tinha tirado as portas e as lonas laterais, sobrando só o capô do teto. O jovem policial abriu o porta-luvas, que, embora tivesse chave, estava quebrado, e verificou que não havia nada escondido ali. Depois enfiou as mãos debaixo dos assentos e tirou vários punhados de poeira. Por último, e em um ímpeto de genialidade, procedeu a desenroscar a bola do câmbio das marchas. O câmbio era uma alavanca de metal, rematada com uma bola de plástico preto de uns seis centímetros de diâmetro. Curiosamente, a bola era oca e dividida pela metade, sendo que ambas as partes se enroscavam uma na outra, suponho que para que a alavanca pudesse ser montada e desmontada facilmente. Essa modesta peça de Meccano foi a que o jovem guarda abriu, encontrando lá dentro uma minúscula pedra de haxixe bastante ressecada, embrulhada em papel-celofane, que mal dava para um par de baseados, as sobras de uma viagem recente a Amsterdam, um pequeno depósito de abastecimento do qual eu praticamente me esquecera.

Tive muita sorte. Fiquei presa apenas uns dias e não me deram nenhuma bofetada, coisa que, naqueles tempos duros do franquismo, era algo extraordinário. Suponho que minha profissão de jornalista na ativa, que logo verificaram, deve ter contido sua fúria repressora; isso e minha condição evidente de trouxa, de pessoa que não tinha relação com nada subversivo de verdade. Tive de pagar uma pequena fiança e abriram um processo que nunca deu em nada, porque prescreveu, foi arquivado ou o que quer que seja em uma das anistias do pós-franquismo. Na manhã seguinte da minha prisão, minha irmã Martina veio até a delegacia e trouxe minha carteira de identidade e as chaves do carro. M. ligara para minha casa (a casa dos meus pais, a que constava na minha identidade e na qual minha irmã continuava morando com eles; essa casa distante que agora visitei e que esconde antigas lajotas debaixo do piso de madeira) e levara meus pertences.

— O que aconteceu? Por que você foi embora assim do apartamento desse cara, tão apressada e deixando tudo? — me perguntou Martina sem rodeios.

A gente nunca tinha compartilhado confidências de namorados, nem nada na realidade. Vivíamos como se o grande silêncio nos ensurdecesse. Dei de ombros. Eu me sentia humilhada pela noite com M., pela minha própria atitude, por ter sido presa de um jeito tão estúpido. Não queria nem lembrar das minhas trapalhadas.

— Sei lá. Na realidade não aconteceu nada. É só que ele é um machista e um babaca. Não quero mais saber dele.

É preciso ter muito cuidado com a formulação dos desejos, porque acontece de se cumprirem. De fato, não soube mais de M., pelo menos durante algumas semanas. Depois um dia abri o jornal *Pueblo* e, na coluna de fofocas de verão, me deparei com uma nota jornalística que dizia: "A namorada espanhola de M.". E ali estava ele, retratado em um instantâneo ruim tirado de surpresa na saída de alguma loja, com um braço sobre os ombros de Martina.

Da minha irmã.

Naquele dia fui jantar na casa dos meus pais, mas Martina não estava. Me demorei por lá para ver se ela chegava, mas nunca chegou; de modo que voltei de novo no dia seguinte, na hora do almoço, para surpresa e delícia da minha mãe. Martina estava lá, com olheiras e menos arrumada do que de costume (sempre foi mais clássica para se vestir), mas muito bonita. Irradiava essa mágica exuberância que o sexo bom proporciona. Assim que a vi, comecei a sofrer. E que sofrimento tão violento. Eu não estava preparada para sentir algo assim. Foi como pegar uma virose. Foi a peste bubônica.

Adquiri o hábito, ou antes a angustiosa necessidade, de ir jantar todos os dias na casa dos meus pais. Martina às vezes estava, às vezes não. Quando estava, nunca dizíamos nada, nunca o mencionávamos. A mim, bastava vê-la para sentir a mais refinada das torturas, e mesmo esse tormento era melhor do que nada. O desejo, como se sabe, é triangular. Huizinga diz isso em *O outono da Idade Média*, referindo-se aos cavaleiros que resgatam damas em apuros: "Mesmo se o inimigo for um cândido dragão, sempre ressoa no fundo o desejo sexual". Amei desesperadamente M. através da minha irmã. Ela era a fazedora, portanto fez; eu pus e ponho palavras no nada.

Quando a via, sentia o cheiro dele. Imaginava-a lambendo seu peito macio. Mordiscando seu pescoço delicioso. A essa altura, minha ideia sobre M. tinha mudado completamente. Agora estava convencida de que era um homem encantador, alguém reservado e sensível, como Pilar me dissera. Fora eu que desperdiçara tudo. Que tinha ficado paranoica e idiota.

Um dia, cheguei ao prédio dos meus pais junto com minha irmã. Ela estava saindo de um carro grande dirigido por uma pessoa desconhecida; sem dúvida era um carro da produção e tinham ido até ali para deixar Martina, antes de se dirigir para a filmagem. M. se debruçou na janela de trás e acenou para minha irmã com a mão; depois seus olhos cruzaram por acaso com os meus. Seu meio-sorriso se apagou; ele franziu as sobrancelhas; quando o carro acelerou, ainda estávamos nos olhando. Seus olhos eram como uma queimadura. Como o fósforo ardente de um palito que tivesse colado na carne e a perfurasse. Entrei consternada pelo portão, atrás da minha irmã, que estava me esperando no elevador. Subimos na velha e imunda caixa de madeira. Eu devia estar obviamente tão mal que, quando paramos no sétimo andar, Martina pôs uma mão no meu braço e murmurou:

— Você disse que ele era um babaca e não queria saber dele. Não respondi.

— Você está com um incêndio na cabeça, e por isso as coisas queimam — acrescentou minha irmã, com certa aspereza.

Continuei calada. Não conseguia articular palavra alguma. Agora era minha irmã que falava e eu caíra no silêncio.

De todo modo, não dissemos mais nada. Parei de ir comer na casa dos meus pais e me dediquei a sofrer intensamente todas e cada uma das horas do dia. Estava obcecada. Ainda não era consciente disso, mas M. tinha a Marca, isto é, reunia todos os ingredientes fatais que fazem com que um homem me prenda, como a armadilha prende a raposa itinerante. Tenho a teoria de que o desejo sexual e passional se constrói em algum momento muito cedo na existência e sobre pautas mais ou menos estáveis. É como o que Konrad Lorenz, o pai da etologia, contava sobre seus patinhos. Quando o patinho sai da casca, escolhe como mãe o primeiro ser vivo que vê perto dele. Isso se chama *imprinting*: esse primeiro ser vivo se imprime com o conteúdo emocional do conceito de mãe e assim permanecerá identificado para sempre, engastado no coração do pato filho (Lorenz se aproveitava dessa circunstância para que ninhadas inteiras de minúsculos patos o perseguissem por toda parte, transidos de amor filial por ele).

Pois bem, acho que no desejo e na paixão acontece algo semelhante. Em algum instante remoto da nossa consciência se produz o *imprinting* do objeto amoroso, com características às vezes físicas, às vezes psíquicas, às vezes de ambos os tipos: você gosta dos gordos, dos magros, do seu próprio sexo ou do sexo oposto... Cada pessoa tem um desenho secreto do amor, uma forma presa no coração. São coisas sutis: em geral é dificílimo reconhecer o padrão, porque os amores podem ser aparentemente muito diversos. Eu comecei a descobrir minha fórmula faz uns dez anos. Agora já sei como funciona; vejo a Marca e disparo.

Os homens dos quais gosto ou, melhor dizendo, os homens que são minha perdição, todos eles, que eu saiba, reúnem três condições concretas. Em primeiro lugar, são bonitos: me dá vergonha reconhecer isso, mas é assim. Segundo, são inteligentes: se o homem mais bonito do mundo diz uma besteira, torna-se um pedaço de carne sem substância. E agora vem o ingrediente fundamental, o terceiro elemento que fecha o ciclo da sedução como quem fecha um cadeado: são indivíduos com uma patologia emocional que os impede de demonstrar seus sentimentos. Isto é, são os caras duros, frios, reservados, ariscos, nos quais acredito adivinhar um interior de ternura formidável que não consegue encontrar a via de saída. Sempre sonho em resgatá-los deles mesmos, em liberar essa torrente de afeto enclausurado. Mas isso nunca dá certo. E o que é ainda pior: suspeito que, se algum dia um desses rapazes duros chegasse a se transformar em um indivíduo afável e carinhoso, o mais provável é que eu deixasse de gostar dele. A Marca é assim: uma tirana.

Para minha desgraça, e embora eu não soubesse naquela época, M. possuía a Marca. Era bonito, parecia inteligente (pelo menos não dizia besteiras, e o fato de não nos entendermos ajudava bastante) e, sem dúvida, era um cara emocionalmente encouraçado. Fui capturada por ele, ou pela imagem dele, ou pela invenção que fizera dele, como a mosca que fica grudada no merengue. Durante dois ou três meses, fiquei obcecada pela sua ausência. Não conseguia escrever, não conseguia ler, só pensava nele e no que eu tinha perdido. Não foi uma dor amorosa: foi uma doença. Evitei Martina durante o resto do ano: não nos vimos de novo até o Natal. Depois fiquei sabendo que minha irmã estivera com M., suponho que felizmente (nunca falamos sobre isso: eis aqui outro silêncio), até que a filmagem acabou e ele foi embora do país. Então se separaram com toda tranquilidade e cada um continuou sua vida. Martina se dedicou a pavimentar sua carreira, conseguir um namorado, casar, ter filhos, construir um lar que sempre parece acolhedor. Para isso é uma fazedora. Que eu saiba, nunca mais se encontraram. Mas a verdade é que não sei nada.

Fui me recuperando pouco a pouco, como quem se recupera de uma amputação. Durante alguns anos não me atrevi sequer a ver seus filmes. Mas depois, com o tempo, não só a dor foi se apagando, como também a cicatriz, e começou a ser difícil acreditar que eu tivesse perdido a cabeça por ele. Se eu nem o conhecia. Se era um perfeito estranho.

Os anos se passaram, tive vários amores e diversos namorados, escrevi alguns livros, deixei de ser hippie, troquei a maconha pelo vinho branco e meu guarda-roupa se tornou incomensuravelmente maior. E não só o guarda-roupa: minha casa se encheu de uma infinidade de coisas desnecessárias. É uma das características da idade: à medida que se envelhece, a casa começa a se tornar um cemitério de objetos inúteis. Assim estava, instalada já definitivamente na idade madura, quando, faz pouco tempo, me convidaram para ser jurada de um festival internacional de cinema que seria celebrado em Santiago do Chile. O júri era composto de nove pessoas: atores, diretores de cinema, escritores. Tinham me comunicado previamente os nomes de todos, mas quando cheguei ao aeroporto de Santiago alguém comentou comigo que houvera várias mudanças. Os jurados se reuniriam naquela noite pela primeira vez no restaurante do hotel; no dia seguinte, começaria a competição. Acabei dormindo e fui a última a chegar à mesa reservada para o jantar, confusa e morta de vergonha. Ocupei o primeiro lugar livre que encontrei e os organizadores começaram a nos apresentar. O terceiro nome que disseram foi o de M., e eu gelei. Virei a cabeça e ele estava sentado do meu lado. Nossos olhos se cruzaram, mas seu olhar já não queimava como um fósforo. Trocamos um pequeno sorriso formal, sem dar nenhuma demonstração de nos conhecermos. Eu estava certa de que ele não se lembrava de mim, o que era um alívio.

Amparada no meu anonimato, me dediquei a estudá-lo de modo furtivo. Acredito lembrar que naquela época eu tinha quarenta e cinco anos; então, ele devia ter cinquenta e quatro. Seus olhos continuavam sendo pouco comuns, embora agora parecessem menores, quem sabe porque as pálpebras estavam um tanto descoladas e porque o branco já não era tão branco, e sim mais avermelhado e aquoso. De saída, enfim, não parecia espetacular; não era mais um homem que capturava os olhares só de aparecer em algum lugar. O tempo não costuma ser piedoso com os bonitos; já aqueles de nós que nunca fomos belos podemos adquirir certa graça com os anos. Quero dizer que agora estávamos mais à altura um do outro, que já não existia essa distância física que antes me fizera sentir tanta insegurança. M. estava grisalho e enrugado. E tinha uma expressão cansada ou melancólica. Havia envelhecido de maneira natural e aparentava sua idade; era evidente que, ao contrário de outros divos de Hollywood, não fizera nenhuma plástica. Conseguira manter uma carreira bastante boa, porém muito mais modesta, de tipo europeu, de ator profissional e não de estrela. Fizera filmes e teatro; e nos últimos anos escrevera algumas peças dramáticas que haviam sido representadas em diversos países com um sucesso razoável. Eu vira uma delas em Madri. Não estava mau.

Mas o mais surpreendente de tudo foi que nos falamos. A essa altura eu já sabia inglês e não tivemos problema algum para nos entender. M. se comportou com uma extraordinária cortesia; me perguntou uma infinidade de coisas sobre minha vida e conseguiu que parecesse que as respostas lhe interessavam. No fim do jantar, eu estava invadida por essa esvoaçante excitação que se sente quando se acabou de conhecer alguém, de quem a gente se sentiu muito próxima, desejando se aproximar muito mais. Ou seja, fiquei sedutora, que é um estado delicioso. Gostava da sobriedade dele, da sua amabilidade um pouco rígida e dessa tristeza de fundo, tão hermética. Sem dúvida M. continuava tendo a Marca.

Dizem que a felicidade não tem história. Mas tem, sim, o que acontece é que quando a gente conta soa ridícula. Nos festivais de cinema, onde os jurados se veem forçados a conviver durante vários dias, muitas vezes acontece de se criarem dois grupos, às vezes asperamente indispostos. No nosso caso, houve também uma ou outra tentativa de enfrentamento, mas, coisa extraordinária, M. e eu concordávamos sempre. Formamos um núcleo de uma solidez inquebrantável, ao qual aderiam de forma passageira um ou outro membro do júri; e, no fim, conseguimos que fossem premiados nossos filmes, quer dizer, aquelas produções nas quais apostávamos. Rimos muito, nos apoiamos muito; alcançamos uma enorme cumplicidade, uma estranha intimidade de equipe diante dos outros. Tomávamos café juntos, passávamos o dia todo juntos, jantávamos juntos, bebíamos juntos e nos separávamos apenas durante as seis horas de sono de noite. À medida que passavam os dias, segurávamos o braço um do outro, roçávamos nossas mãos, roçávamos tudo o que dava, mantendo a aparência de um toque casual ou de uma demonstração de puro afeto amistoso. Foram uns dias frenéticos.

No fim, na jornada de encerramento, na nossa última noite, nós dois sabíamos o que ia acontecer sem necessidade de dizer nada. Essa é uma das poucas vantagens da idade: nos poupamos de bastante palavrório. Fugimos da cerimônia de entrega dos prêmios, fomos para meu quarto e pedimos um jantar opíparo no *room service*. Não comemos nada. Outra das vantagens da idade: não é preciso fingir orgasmos, não há os gritinhos desnecessários e, em geral, a gente já sabe onde pôr os cotovelos e os joelhos. Nenhuma articulação ficou sobrando naquela noite. Poderíamos ter transado vários dias antes, mas desfrutamos do adiamento, da promessa tácita, dos toques crescentes, do oferecimento desse corpo que é um tesouro guardado para nós, do desejo que se tensiona e se exacerba. Eu me deleitei revelando cada centímetro da pele de M. Seu corpo magro, menos musculoso do que antes; sua carne madura, mais descolada e mole; porém também mais eloquente. Gostei dos seus quadris de homem mais velho, da maneira como cediam sob meus dedos, da longa história pessoal que sua pele me contava. Fizemos amor com ferocidade e ânsia adolescente, e depois com a lentidão gulosa dos adultos, e depois com a sensualidade obsessiva e intemporal. Raras vezes senti tanto um homem. Foi um banquete.

De manhã, pouco antes de nos despedirmos para cada um tomar seu voo, entrelaçados ainda na cama revirada e mortos de sono, meio empanturrados, meio famintos, passei o dedo pela enorme cicatriz que agora fendia o peito de M. de cima a baixo, do buraco do pescoço até o estômago. Isso também acontece com a idade: você vai acumulando cicatrizes, só que algumas são visíveis e outras, não.

— E isto? — perguntei me sentindo um pouco ridícula: porque havia tantas coisas para perguntar a ele.

— Um coração de má qualidade — respondeu ele em tom leve.

Como Pilar Miró, lembrei: ela também tinha uma cicatriz semelhante.

— Como Pilar Miró — soltei em voz alta. — Você se lembra dela?

— Pilar, sim, claro. Uma mulher incrível. Me impressionou muito que morresse tão jovem. A gente se via nos festivais de vez em quando — M. respondeu.

E depois se ergueu sobre um cotovelo e olhou para mim, com a cabeça um pouco de lado:

— Então era você — ele disse. — Eu suspeitava havia vários dias, mas não tinha certeza.

Acho que fiquei vermelha.

— Então você se lembrava de mim — perguntei, incrédula.

— É claro. Perfeitamente. Lembrei de você várias vezes durante esses anos.

Não está falando de mim, pensei. Está falando de minha irmã. Mas ela e eu não nos parecemos em nada fisicamente.

— Tem certeza que você se lembrava *de mim*? — insisti, sublinhando o pronome.

Ele começou a rir.

— De você, Rosa, de você... De quem, se não...?

Não disse de quem. Não nomeei meu fantasma.

Mas devo ter lhe enviado uma mensagem mental, porque M. perguntou:

— Que fim levou sua irmã?

— Ah, está muito bem. Tem uma empresa própria de informática, casou, tem três filhos...

M. sorriu:

— Ela continua fumando baseados?

Uma espécie de câimbra percorreu minha mandíbula, fazendo meus dentes rangerem. Não sabia o que dizer e optei por uma resposta pouco comprometedora.

— Não. Deixou faz tempo.

M. suspirou:

— Sim, claro, a essa altura, todos nós já deixamos quase tudo.

Pois bem: que eu soubesse minha irmã, sempre tão arrumada, tão racional, tão fazedora e tão asseada, nunca tinha fumado baseados, de modo que M. devia estar se referindo a mim. Mas, por outro lado, será que eu conhecia e conheço de verdade minha irmã? E se existir outra Martina que não tem nada a ver com a que eu percebo, e se na juventude ela passasse a vida chapada? A quem M. se referia na realidade? Em quem ele estava pensando, quem estava vendo quando olhava para mim? Não quis continuar me perguntando e é claro que não quis perguntar nada a ele. Os minutos passavam, tínhamos de ir embora e sabíamos que não faríamos nada para nos vermos de novo. Ambos tínhamos parceiros nos nossos respectivos países e, de qualquer modo, a história tinha sido linda demais para estragá-la com a cotidianidade. Ou com dúvidas de identidade. Ou com perguntas. Outra das coisas que a gente aprende com a idade é a tomar as coisas como elas vêm. E inclusive agradecer.

Dezenove

Também poderia dizer que escrevo para suportar a angústia das noites. No desassossego febril das insônias, enquanto você se vira e revira na cama, é preciso pensar em alguma coisa, para que a escuridão não se encha de ameaças. E você pensa nos seus livros, no texto que está escrevendo, nos personagens que vão se desenvolvendo dentro de você. A escritora e acadêmica Ana María Matute sempre diz que, de noite, imagina formidáveis aventuras até adormecer. Uma das suas aventuras preferidas é cavalgar pela estepe transformada em cossaco. E, assim, na cama, enquanto o breu a ronda com seus passos furtivos, ela galopa sem parar, sempre jovem, em um tumulto de vida e ferocidade.

Que extraordinário estado é a desproteção noturna. Não acontece sempre, mas às vezes, quando deitamos, o medo cai sobre a gente como um predador. Então as dimensões das coisas ficam desencaixadas; problemas que durante o dia são só pequenas chateações crescem como sombras expressionistas, até adquirirem um tamanho sufocante e descomunal. Era a isso que Martin Amis se referia quando escreveu o romance *A informação*: a essa voz que sussurra de noite que você vai morrer, mensagem que a gente nunca escuta durante o dia, mas que na modorra ensurdece. Caberia se perguntar, no entanto, onde está a verdade, onde se está mais perto do real, se nas angústias noturnas ou na narcose relativa dos dias.

No desamparo das noites, enfim, quando me agonia a lembrança dos Mengele que torturam crianças ou o espanto modesto e egoísta da minha própria morte, que já é bastante horrível por si só, recorro à louca da casa e tento alinhavar palavras belas e inventar outras vidas para mim. Embora às vezes eu pense que não as invento, que essas outras vidas estão aí e eu simplesmente deslizo para dentro delas. A essa altura da história, todos sabemos que somos seres múltiplos. Basta pensar nos nossos sonhos, para não abandonar a cama em que comecei este capítulo, para intuir que temos outras existências, além da que nossa biografia oficial determina. Eu já disse que muitos dos nossos sonhos estão relacionados entre si: que do outro lado eu tenho um irmão, uma casa, uns hábitos determinados e constantes. Por acréscimo, quando sofro com um pesadelo, muitas vezes tenho consciência de que estou sonhando, isto é, de que tenho uma vida em outro lugar que poderia me salvar desse aperto. E então no meu sonho inventei o maravilhoso truque de ligar para mim mesma, para ser acordada com o barulho da campainha. Empreguei esse recurso inúmeras vezes (busco uma cabine, um celular, o que for, e disco meu número, ouço o tuuu-tuuu pausado e repetitivo), embora, para minha frustração e desconcerto, nunca tenha conseguido meu objetivo: ainda não encontrei um jeito para que, efetivamente, meu telefonema do outro lado se conecte com a Telefónica ou a Vodafone, minhas operadoras da vida daqui. O que quero dizer com isso é que meu eu que dorme sabe que existe um eu acordado, da mesma maneira como meu eu diurno conhece a existência desse eu sonhado.

Na sua biografia sobre Philip K. Dick, Emmanuel Carrère conta que o famoso escritor de ficção científica entrou um dia no banheiro e começou a apalpar distraidamente a escuridão, em busca de um cordão de luz que havia à direita, junto do batente da porta. Ele tateou um bom tempo, sem conseguir encontrá-lo, e afinal seus dedos se depararam casualmente com um interruptor; e então Dick percebeu que nunca houvera no banheiro um cordão para ligar a lâmpada, mas um simples interruptor na parede. Pior ainda: nunca na sua vida, em nenhuma das suas casas anteriores, nem nos lugares de trabalho, nem no primeiro lar da mais remota infância, Dick tivera um cordão de luz desse tipo. No entanto, seu corpo e sua mente guardavam uma memória, uma rotina cega e repetitiva, absolutamente doméstica e próxima, desse cordão inexistente. Como é natural, Philip, muito dado à divagação esquizoide, ficou muito impressionado com o acontecimento e acabou escrevendo um romance, *O tempo desconjuntado*, sobre um escritor de ficção científica que não encontra o cordão de luz do banheiro, coisa que ele acaba conseguindo explicar através de um argumento muito complexo de vidas paralelas e realidades virtuais.

Nunca experimentei algo tão inquietante, mas sou capaz de reconhecê-lo e de compreendê-lo. De fato, a maioria das pessoas devem se sentir identificadas com esse tipo de vivências escorregadias, ou não fariam tanto sucesso as obras em que a multiplicidade do real abunda, dos romances do próprio K. Dick a filmes tão populares como *Matrix*. A vida não passa de um enredo de enganosas sombras platônicas, um sonho calderoniano, uma placa movediça de um gelo muito frágil. Todos experimentamos estranhos déjà-vus e sabemos que nossa existência depende de mínimos acasos. E se minha mãe não tivesse perdido naquele dia seu ônibus habitual e não tivesse encontrado meu pai? Talvez levemos dentro outras possibilidades de ser; talvez inclusive as desenvolvamos de algum modo, inventando e deformando o passado mil e uma vezes. Talvez cada um dos acontecimentos da nossa existência tenha podido se dar de dez maneiras diferentes. Parafraseando Paul Éluard, há outras vidas, mas elas estão na nossa.

Ao jogar com o "e se", o romancista experimenta com essas vidas potenciais. Imagine que um dia você acorda e descobre que sua mão direita, por exemplo, está atravessada por uma enorme cicatriz que você não tinha na noite anterior. Você esfrega os olhos com incredulidade, aproxima seu nariz do dorso da mão para esquadrinhar a sutura, não entende nada. É uma cicatriz antiga, um remendo medíocre que o tempo escureceu. Assustada, você vai até a cozinha com a mão estendida no ar, diante de você, como se se tratasse de um animal perigoso. Ali você encontra com seu parceiro, ou com sua irmã, ou com sua mãe, que quem sabe está cozinhando uma paella e manchando de açafrão alguma cadeira. Eles se surpreendem ao te ver com a mão exposta, como se levada em uma procissão. Você menciona a cicatriz com expressão atônita; eles, sem dar maior importância ao assunto, comentam: "Sim, claro, sua cicatriz, é de quando você teve aquele acidente horrível de moto, por que você está dizendo isso?". Mas você não se lembra de ter sofrido nenhum acidente, e nem sequer tem ou jamais teve uma moto e, o que é pior, ontem você se deitou com a mão intacta. "Que estranha você está, aconteceu alguma coisa?", sua mãe te diz, ou sua irmã, ou seu parceiro, ao te ver tão desconcertada e absorta. E você não sabe como explicar que os estranhos são eles. Estranha é a vida. Se tivessem dito a M. aos trinta anos que ele teria uma cicatriz descomunal partindo seu peito ao meio, não teria lhe parecido tão fantasmagórica e irreal como a sutura imaginária na minha mão?

O que um romancista faz é desenvolver essas múltiplas alterações, essas irisações da realidade, do mesmo modo como o músico compõe diversas variações sobre a melodia original. O escritor pega um autêntico grumo da existência, um nome, um rosto, uma pequena anedota, e começa a modificá-lo mil e uma vezes, substituindo os ingredientes ou lhes dando outra forma, como se tivesse aplicado um caleidoscópio sobre sua vida e estivesse fazendo girar indefinidamente os mesmos fragmentos para construir mil figuras diferentes.

E o mais paradoxal de tudo é que, quanto mais você se distancia, com o caleidoscópio, da sua própria realidade, quanto menos você consegue reconhecer sua vida no que escreve, mais você costuma estar se aprofundando dentro de você. Por exemplo, suponhamos por um momento que eu menti e não tenho nenhuma irmã. E que, por conseguinte, aquele estranho incidente da nossa infância, aquele desaparecimento inexplicável de Martina, minha obscura irmã gêmea, como diria Faulkner, jamais aconteceu. Suponhamos que inventei tudo, assim como se inventa uma história. Pois bem, ainda assim esse capítulo da ausência da minha irmã e do silêncio familiar seria o mais importante deste livro todo para mim, o que mais me ensinou, informando-me sobre a existência de outros silêncios abismais na minha infância, buracos calados que sei que estão aí, mas aos quais não teria conseguido aceder com minhas lembranças reais, que, por outro lado, também não são tão fiáveis.

Por isso não gosto dos narradores que falam de si mesmos; e com isso me refiro àqueles que tentam vingar ou justificar sua peripécia pessoal por meio dos seus livros. Acho que a maturidade de um romancista passa ineludivelmente por um aprendizado fundamental: o da distância do que é narrado. O romancista não só precisa saber, mas também sentir que o narrador não pode se confundir com o autor. Alcançar a distância exata do que se conta é a maior sabedoria de um escritor; você tem de conseguir que o que você narra te represente, enquanto ser humano, de modo simbólico e profundo, assim como os sonhos o fazem; mas tudo isso não deve ter nada a ver com as anedotas da sua pequena vida. "Os romancistas não escrevem sobre seus assuntos, mas em torno deles", diz Julian Barnes. E Stephen Vizinczey arredonda esse pensamento com uma frase precisa e luminosa: "O autor jovem sempre fala de si mesmo, mesmo quando fala dos outros, enquanto o autor maduro sempre fala dos outros, inclusive quando fala de si mesmo".

Por outro lado, e para complicar ainda mais as coisas, muitos leitores caem no erro de acreditar que o que estão lendo aconteceu de verdade com os romancistas. "Puxa, mas você é bastante alta!", me disseram mais de uma vez, meio surpresos, meio decepcionados, quando fui a alguma palestra depois de publicar meu romance *A filha do canibal*, protagonizada por uma narradora muito baixinha. Me dá nos nervos quando leitores ou jornalistas extraem absurdas deduções autobiográficas dos meus livros, mas tento me consolar pensando que é um preconceito habitual e que, inclusive, foi sofrido pelo grande Vladimir Nabokov, apesar de seus livros serem óbvios e sofisticados artefatos ficcionais. Depois da publicação de *Lolita*, por exemplo, o coitado recebeu uma abundante correspondência na qual era xingado e criticado por perverter meninas pequenas. "Qualificar um relato de história verídica é um insulto à arte e à verdade", indignava-se Nabokov.

A narrativa é, ao mesmo tempo, uma mascarada e um caminho de liberação. Por um lado, mascara seu eu mais íntimo, com a desculpa da história imaginária; ou seja, você fantasia sua verdade mais profunda com a roupagem multicolor da mentira romanesca. Mas, por outro, conseguir que a louca da casa flua com total liberdade não é coisa fácil... O *daimon* pode se ver preso ou enrijecido pelo medo do fracasso, ou dos próprios fantasmas, ou do descontrole; ou pelo temor do que possam pensar ou entender seus familiares quando o lerem. As mães, os pais, as esposas, os maridos, os filhos impõem frequentemente, sem querer, uma ansiedade, uma censura sobre o devaneio. Por exemplo, há autores que só atingem sua verdadeira voz depois da morte de um pai rigoroso e onipresente demais. O barulho da própria vida sempre entorpece. Por isso é preciso se afastar.

"Ser escritor é se tornar um estranho, um estrangeiro: você tem de começar a traduzir a si mesmo. Escrever é um caso de *impersonation*, de suplantação de personalidade: escrever é se fazer de outro", diz Justo Navarro. E Julio Ramón Ribeyro chega ainda mais longe: "A verdadeira obra deve partir do esquecimento ou da destruição da própria pessoa do escritor". O romancista fala da aventura humana, e a primeira via de conhecimento que possui dessa matéria é a observação da sua própria existência. Mas o autor precisa sair de si mesmo e examinar sua própria realidade de fora, com o meticuloso desapego com o qual o entomólogo estuda um escaravelho. Ou o que dá no mesmo: você não escreve para que os outros entendam sua posição no mundo, mas para tentar se entender. Além disso, não dissemos que os romancistas são seres especialmente inclinados à dissociação, especialmente conscientes da multiplicidade interior, especialmente esquizoides? Pois sejamos até o fim, potencializemos essa divisão pessoal, completemos nossa esquizofrenia até sermos capazes de nos analisar demolidoramente do exterior.

E isso não se faz só nos romances e para os romances, mas em todos os momentos da existência. Não estou falando apenas de livros, e sim de uma maneira de viver e de pensar. Para mim, a escrita é um caminho espiritual. As filosofias orientais preconizam algo parecido: a superação dos limites mesquinhos do egocentrismo, a dissolução do eu na torrente comum dos outros. Só transcendendo a cegueira do individual podemos entrever a substância do mundo.

O romancista José Manuel Fajardo me contou uma história que, por sua vez, havia sido contada a ele pela minha admirada Cristina Fernández Cubas, que, ao que parece, sustentava que era um fato real, algo que acontecera a uma tia sua, ou talvez a uma amiga de uma tia. O caso é que havia uma mulher, que vamos chamar de Julia, que vivia na frente de um convento de freiras de clausura; o apartamento, situado no terceiro andar, tinha um par de varandas que davam sobre o convento, uma sólida construção do século XVII. Um dia Julia experimentou as rosquinhas que as freiras faziam e gostou tanto delas que se habituou a comprar uma caixa todos os domingos. A assiduidade das suas visitas a fez travar certa amizade com a irmã porteira, que, é claro, jamais vira, mas com quem falava através do torno de madeira. Conhecendo os rigores da clausura, um dia Julia disse à irmã que ela morava bem em frente, no terceiro andar, nas varandas que davam sobre a fachada; e que ela não hesitasse em solicitar sua ajuda se precisasse de qualquer coisa do mundo exterior, que levasse uma carta, recolhesse um pacote, fizesse um favor qualquer. A freira agradeceu e ficou por isso mesmo. Passou um ano, passaram três anos, passaram trinta anos. Uma tarde, Julia estava sozinha em casa quando chamaram à sua porta. Ela abriu e se deparou com uma freira pequenina e idosa, muito arrumada e enrugada. Sou a irmã porteira, disse a mulher com sua voz familiar e reconhecível; há muitos anos, você me ofereceu sua ajuda, caso eu precisasse de alguma coisa do exterior, e agora eu preciso. Pois é claro, respondeu Julia, diga. Eu queria lhe pedir, disse a freira, que você me deixasse olhar da sua varanda. Surpresa, Julia deixou a anciã passar, levou-a pelo corredor até a sala e saiu para a varanda com ela. As duas ficaram ali, quietas e caladas, contemplando o convento durante um bom tempo. Por fim, a freira disse: É lindo, não é? E Julia respondeu: Sim, muito lindo. Dito isso, a irmã porteira voltou de novo para seu convento, previsivelmente para não sair nunca mais.

Cristina Fernández Cubas contava essa belíssima história como exemplo da maior viagem que um ser humano pode realizar. Mas para mim ela é algo mais, é o símbolo perfeito do que significa a narrativa. Escrever romances implica se atrever a completar esse monumental trajeto que te tira de você e permite que você se veja no convento, no mundo, no todo. E depois de fazer esse esforço supremo de entendimento, depois de roçar por um instante a visão que completa e fulmina, voltamos claudicantes à nossa cela, ao confinamento da nossa estreita individualidade, tentando nos resignar a morrer.

Pós-escrito

Tudo que eu conto neste livro sobre outros livros ou outras pessoas é verdade, quer dizer, responde a uma verdade oficial documentalmente verificável. Mas temo que eu não possa assegurar o mesmo sobre aquilo que toca minha própria vida. É que toda autobiografia é ficcional e toda ficção é autobiográfica, como dizia Barthes.

Agradeço os comentários afetuosos e inteligentes de Malén Aznárez, José Manuel Fajardo, Alejandro Gándara, Enrique de Hériz, Isabel Oliart, José Ovejero e Antonio Sarabia; e especialmente, como sempre, os de Pablo Lizcano.

La loca de la casa © Rosa Montero, 2003

Todos os direitos desta edição reservados à Todavia.

Grafia atualizada segundo o Acordo Ortográfico da Língua Portuguesa de 1990, que entrou em vigor no Brasil em 2009.

capa
Luciana Facchini
ilustração de capa
Carla Barth
preparação
Silvia Massimini Felix
revisão
Jane Pessoa
Ana Alvares

1ª reimpressão, 2024

Dados Internacionais de Catalogação na Publicação (CIP)

Montero, Rosa (1951-)
A louca da casa / Rosa Montero ; Tradução Paloma
Vidal. — 1. ed. — São Paulo : Todavia, 2024.

Título original: La loca de la casa
ISBN 978-65-5692-745-9

1. Literatura espanhola. 2. Autoficção. 3. Não ficção.
I. Vidal, Paloma. II. Título.

CDD 860

Índice para catálogo sistemático:
1. Literatura espanhola 860

Bruna Heller — Bibliotecária — CRB-10/2348

todavia
Rua Luís Anhaia, 44
05433.020 São Paulo SP
T. 55 11 3094 0500
www.todavialivros.com.br

fonte
Register*
papel
Munken print cream
80 g/m²
impressão
Geográfica